一个上海人在维也纳

沈宪／著

上海社会科学院出版社
SHANGHAI ACADEMY OF SOCIAL SCIENCES PRESS

图书在版编目(CIP)数据

一个上海人在维也纳 / 沈宪著 .— 上海 ：上海社会科学院出版社，2023
ISBN 978－7－5520－4086－9

Ⅰ．①一…　Ⅱ．①沈…　Ⅲ．①小说集—中国—当代②随笔—作品集—中国—当代　Ⅳ．①I217.2

中国国家版本馆 CIP 数据核字(2023)第 032099 号

一个上海人在维也纳

著　　者：沈　宪
出 品 人：佘　凌
责任编辑：陈如江
封面设计：周清华
插　　图：张文斌
出版发行：上海社会科学院出版社
上海顺昌路 622 号　邮编 200025
电话总机 021－63315947　销售热线 021－53063735
http：//www.sassp.cn　E-mail：sassp@sassp.cn
照　　排：南京理工出版信息技术有限公司
印　　刷：上海龙腾印务有限公司
开　　本：787 毫米×1092 毫米　1/32
印　　张：7
字　　数：128 千
版　　次：2023 年 3 月第 1 版　2023 年 3 月第 1 次印刷

ISBN 978－7－5520－4086－9/I·480　　定价：58.00 元

沈 宪

一九五四年生于杭州。

一九七一年进上海拖拉机厂工作，任团干部，后又任政治教师。

一九八五年上海电视大学中文专业毕业。

一九八七年定居奥地利，工作之余积极参加当地侨团和文学社团活动，在欧洲中文报刊发表过一些小说与散文。

序

朱新昌

沈宪平时的话语不多，但他却写出了许多有趣的故事，似乎“文非其人”。

我和沈宪初中时同窗四年（多了一年“学工”“学农”），那时他给我的印象是有些少年老成，喜欢打篮球，投篮非常准，写作上的才能还真没看出来。没想到几十年后他把球投到了文学创作这个篮框里，写出了不少作品。所以用大器晚成来形容沈宪应该是太恰当不过了。

作为同龄人，我们共同经历过“文革”的日子和改革开放以来的社会变化。沈宪后又出国发展，定居海外，所以他的人生阅历就相对更丰富多样。

沈宪的文学作品里表现宏大题材的几乎没有，大都是描写市井生活中的平凡小人物。这本《一个上海人在维也纳》由十一个既独立又互相关联的故事组成，讲述华人在海外拼搏的艰辛，讲述他们为了让自己在一个非母语的环境中更好地生存和获得更多的财富，如何既不违反自己从小建立起来的中华传统价值观，又千方百计地利用国外各种政策与管理上的弹性，为自己谋取最大的利益。小说就在这种张力中展开，不仅情节曲折，人物形象生动，心理刻画亦颇细腻，让人读来有一种“含泪的笑”的感觉。小说虽然是虚构的，但显然有真实生活的背景，国内的读者可以从中了解改革开放后中国第一批出去打工的华人所不为人知的一面。

沈宪非专业作家，创作只是他的业余爱好。可能在有些人眼中，他的作品还不够成熟，还有提升的空间，但作为一个因“文革”而被耽误了学业的人，能够写出这些作品，在我看来已经是非常了不起了。

看到朋友的成功，我由衷地高兴。写上几句，送上一份深深的祝福。

CONTENTS

目录

找店

很久以前的维也纳，以环城墙区分城内和城外，多瑙河算是郊外。

“二战”结束后，维也纳城市逐渐以多瑙河一分为二。近三十年来主要是因为东欧和土耳其移民大量拥入，新建了许多现代化的住房，城市普通居民向河对岸迁移，使多瑙河对岸两个居民区（21 区和 22 区）开始热闹和繁荣起来，宗长中今天要去的就是多瑙河对岸的第 22 区。

二十世纪八十年代最后一个年头，他开着一辆新买的二手车，兴致勃勃地越过多瑙河大桥，以平稳速度去一家奥国餐馆商谈买店事宜。第一次去谈 100 万元大生意，长申做了一些准备，许多新单词反复练习，关于房屋转让等情况熟记在心。

人生总会碰到许多第一次，无数个令人惊悚的第一次都闯过来了，今非昔比啰。

今天他还有另一兴奋点，就是有了车，现在把着方向盘行驶着。车轮下的马路不断向后移去，两旁矗立的建筑向自己伸出欢迎的手，每消耗一滴汽油都是因为右脚用力的结果，一米一米接近目的地。

二十多年前熟练骑“自行车”的人，要开始习惯掌握“自动的车辆”。当时把汽车看作是“生命的延伸”，然而十几年后，才认为是“奔跑的死亡”。人是会变的，对一切事物的观念都会变。

尽管车的牌子有些不上台面，是苏联的“LADA”车，但从长申的美学角度看这车型，可以说是美观大气，比许多德国车和日本车看上去更舒服。黑沉沉的油漆被工人上了很光亮的油蜡，显得庄重和豪气。

还有一点令他宽慰的是价格仅为 18500 先令，一个月工资都不到。马上要开饭店了，意味着收入会有一个大的改变，以后再买好车吧。

开饭店一定是要有车的，没有车算什么开饭店呢？在找店的阶段把车开到别人的饭店门外，就代表着一种派头，上海人讲“腔势”。两年多在奥地利混下来，多少也有一点“腔势”了。

两件好事在身，心情如头顶上太阳，艳阳高照，希望鸿福当头。但是想起昨天去车行取车时碰到的尴尬之事，还是觉得好笑又失面子。

当车行工人把车钥匙交到他手中时，他面露难色，车要倒开转两个弯才能出工场间，凭自己那么一点开车技术，在狭窄多物的工场间行驶，风险是不言而喻的。

只能再把钥匙交回到工人手中，恳求他帮忙把车开到门口去。那个工人笑了，大概是第一次碰到来拿车的人，在车间场地上把车开出去觉得为难，不敢开。边上的工人也讲了一句嘲讽的话："那么我一直给你做司机好了。"他装糊涂地跟着工人们一起笑，回以西方人的耸耸肩，表示了一种无可奈何的神情。

今天他并没有直接开去那家饭店，他稳稳当当、徐徐缓缓地在这家饭店 500 米外的马路上巡视一番，大概了解四周的环境。

看一下手表，已经中午十二点了，长申把车停在离饭店二十几米远的地方，在车内观察饭店进进出出的情况。每个饭店中午客饭有一定的需求量，就可维持下去了，再努力一把，把晚上和周末的就餐人吸引过来，基本上就开店成功了。今天的记录是从十二点到下午一点半，进饭店吃饭的人有 25 个。

到一点半的时候，按照行程规划，应该进饭店去吃一顿饭，亲临其境继续观察中午客饭情况。

长申来到维也纳一直住在市中心，工作也在市中心，去河对岸开店，还是有些犹豫的，要知道在上海他是住在闹市区的。

饭店是坐落在大街的一栋三层楼建筑中，占据了底层全部，此建筑属"一战"后建造，那时的建筑元素历历可见。房屋离车道有十几米远，中间相隔一个花园。

Konditorei

现在只是四月，花园的桌椅还没有摆放出来，撑伞的铁架也零落地耸立在四周。

他把车开进靠墙的停车位，因边上有一辆德国奔驰车，他特别小心，不要把人家的车给碰了，因为太注意自己的右边，结果把车左前方的一个垃圾桶撞倒了。

撞击声引出了饭店跑堂到门口张望。长申马上停稳车，把垃圾桶扶正，只见车左侧撞出一块小的凹陷。他没多逗留，匆匆走进了饭店。

一个中国人停车撞倒垃圾桶，现在又走进饭店来，像是要就餐的样子，里面的人每一根神经都充满着兴趣。

跑堂和他打了个招呼，还有几位坐在门口的人，也很热情地跟他打了个招呼。

这些人都是上了年龄，桌上只是酒杯，很旧的外套都敞开着衣领，衬衣上面三粒扣子或是没有或是没扣。有一位的胸前满满都是白的毛，粗壮的手握着老旧的杯子，袖口边也露出汗毛，随便和邋遢相，像梵高油画中的平民。

长申一一和那些人打招呼，脸上还露出一些歉意。

一般人中午都吃较为实惠的客饭，他特意点了一份饭店的正餐和一大杯饮料，要了一份比较贵的前餐。

因为今天吃饭的目的较为特殊，他要给自己壮一下胆：我个子比你们每个人都小，但决不是贫穷的“小人物”。

餐厅的装饰是典型奥地利乡村小饭店和维也纳市区酒馆的混合风格，挂在顶上的大吊灯看上去非常传统，每个桌子上面的乡村风格小灯罩吊灯，散发着如同百年前的暗光，墙壁采用的是很典雅的布料，比较明亮的色彩显示了大城市的现代风格。

长申还很仔细观察了吧台的装饰和各个部位的功能作用。厨房在吧台的右后方，一扇门中间开了一个大窗，一块很大的搁板让跑堂把完成的菜肴送到客人桌上。

长申此时无兴趣品尝精美的正餐，从他进来坐定之后至下午三点左右，他看到一共有十九个客人进来就餐。

当三个服务员下班走了之后，从厨房间走出一个人，样子一看就知道是老板。他走上去，自我介绍后讲明了来意。老板去拿了一张纸和笔，来到长申坐的桌子边。此时留下的六七个喝酒的客人都睁大眼睛盯着他们两人。

老板回答了他所问的全部问题后，仅把饭店的售价和现在房租的情况写在纸上，这两点对长申来说是最重要的。这时进来一个客人，老板去招呼，倒酒水，并且走进厨房炒菜去了。

那些喝酒的人，刚才很注意地在听长申和老板的对话，他们憋着一肚子的话，终于爆发了，这时他们是餐厅的主角。

喝酒者 A 问：你准备开一家什么饭店？是不是要给我们吃中国的乔布斯索伊菜呀？他这么一问，其他的人都放下酒杯，哄堂大笑，笑得那么放肆和发自内心。

喝酒者 B 用诡秘的叫声止住了大家的哄笑，讲他有一次在中国饭店吃了一份四川牛肉，把他的胃辣痛了三天。有人接上说，你应该马上喝一杯中国青岛啤酒，就可以解辣了，他讲我连喝八杯中国青岛啤酒也没有用，从嘴一直到胃都是像火一样在燃烧。

喝酒者 C 插上来说：在中国饭店吃饭先要买一份商业保险才敢去吃，我们的胃出问题，国家保险肯定不付钱。大家又是一阵像疯人院歇斯底里的大笑，似要把屋顶也笑塌下来。

喝酒者 D 问长申：你们中国饭店是不是只卖中国甜乌梅酒？其他酒大概没有吧？在中国大家都全喝这种甜滋滋、黏稠稠、热烘烘的酒吗？说完便做了一个小孩厌倦吃食物的样子，又加一个吐舌头的动作。

喝酒者 E 这时接上来说：我喝过一次中国的啤酒，一点啤酒味道都没有，我们水管的水都比它好喝，还好意思叫啤酒。

坐在最靠近吧台的一位，一直是半醒半醉地坐着，他杯子里的啤酒也在半醒半醉地少下去，他放开粗哑的低音嗓子，对着厨房的门说：老板，你年龄不算老，等我死了以后再把饭店卖掉吧，我求求你了，你爷爷、你爸爸开了这饭店，我爷爷、我爸爸也一直在这里吃喝，明天他们会从墓地里爬出来揍你的。这些话没有引起哄堂大笑，他们似乎穿越回到历史中去了，他们好像在等待厨房里老板的回声。

一个看上去很稳重的老年喝酒者，刚才没有讲什么话，也没不友好地哄笑，这时他走到长中面前，很认真地说，我们这里不是旅游地区，大家都一辈子吃我们的奥国餐，如果我们都不来吃中国菜，不来喝中国甜酒，你会有什么生意？我只是事先提醒一下你们中国人，想开饭店的可爱的中国人。他把“可爱的”发音特别拉长，他并没有什么恶意，只是大方地表示了想法，他知道这地区没有多少人喜欢吃中餐。

长申来到国外，很少接触到当地社会这一层面的民众，外来人要在这里长久生活，肯定会引起当地人的不舒服。更何况这个外来人不仅仅是打工，还要开饭店，更会引起当地人的不爽。长申完全理解这些人的心情。

从与老板交谈中得知，房东对此饭店新业主房租不会有很大幅度提高，这一点长申心里像吃了定心丸。在查看厨房全部设备后，老板对饭店的卖价又一次明确表态，让他觉得开这个饭店自己完全可以承受。

他和老板再次回到餐厅的座椅上时，那些喝酒者睁大着眼睛盯着他们两人看，此时长申的心情与刚刚踏进来时已经完全不同了，就如同杨子荣已经熟练地回答了座山雕和众匪徒们接头暗语后的心情一样。

他与老板约定后天带自己的太太再来看一次饭店情况后，就签约付定金。老板把长申今天的账单放在他面前，讲了一句：你今天的饮料我请。看到账单上是总共198先令，他拿出两张100先令和一张50先令的纸币，推到老板前面。老板面露喜色，把钱放进了钱包。

走出店门时，他有些扬扬得意，这时他突然想到应该进去和每一个喝酒讲怪话的人打个招呼，让他们知道这个未来的老板也是一个有绅士风度并愿意和他们交朋友的人。

又返进去，与刚才讲怪话的人做了自我介绍，并伸出手与每个人道别。他在“中国饭店”的两年跑堂中，经常碰到有些客人为了表示对周围人的友情会说：“Mache bitte eine runde.”（用上海话讲就是“再兜一圈”）今天正好是机会，长申对已经回到吧台中的老板说：老板，每人一杯八分之一白葡萄酒，这里大家兜一圈。于是拿出200先令放在吧台台面上。

此时他感觉非常爽，刚才还胡言乱语的喝酒者，现在中国人请他们喝一杯，他们各自说道：老板，非常感谢请我……

他走出门时的脚步有些轻飘飘了，好像自己喝了一瓶酒一样，这又是人生第一次。他自言自语：给你们看看上海人的“腔调”。

当长申去开自己的车时，原来边上的那辆奔驰车已经开走，又有一辆较大的美国车停在他车的边上。他胆战心惊地从边门爬上车，发动之后想先把自己的车朝左边移动一下。

在朝后倒时又撞上了一根夏天插雨伞的铁杆，这根铁杆重重地倒在了车后盖箱上，发出“嗵，嗵”两声很响的金属撞击声。长申下车一看，车后盖箱被压得变形。

重重的撞击响声自然惊动了里面的客人，他们本来就没有什么特别重要的话题，外面一有动静，就飞快地走出三个酒客，帮他把压在车后盖箱上的铁杆移走，让长申上车去，指挥他向左右不停地移动。车终于开出了那狭窄的停车地。

第二天，长申又把车开回了那家车行。下午接到车行的电话，说是全部修理费在 1.5 万先令左右。

一箱杯子

二十世纪九十年代的某一天，奥地利发行量很大的《皇冠报》刊登了一条小广告：廉价出售木酒桶、酒瓶、酒杯和旧奥国饭店杂物。

第一天就有二十几个人来电询问，几天后就有人登门看货。

一条小小的广告引来那么多的感兴趣者，这是维也纳第 8 区“上海饭店”老板非常期望的。他就是上海人宗长申，小小的投石问路，终于有了回音。在感兴趣者还没有上门之前，他就盘算着，将这些杂物出售后得到的钱应该可以把自己的那辆老旧二手车换一换了。

想要买木酒桶的人，他们提出的问题也都是关于酿酒专业的，比如：木酒桶过去是存放哪一个品种的葡萄酒，这些木酒桶已经多长时间没有储存葡萄酒了，甚至还有人问木桶的木材是哪里产的，制作的木匠们是哪一个地区的。

面对这些问题他必须要有明确的回答。宗长申知道要赚那些人的钱并不容易，但做一些调查使自己对酿酒、饭店房屋的历史、酒桶的工艺等有一些了解，倒也是很有趣味的事。

长申走访了房屋物业公司，询问了这栋房子的女管理员，又赶到维也纳郊外一个小乡村，找到饭店前任老板。这老板也仅仅经营了两年时间，没有使用过酒桶。他又把再上一任老板的电话给了长申。

长申夫妇两人利用饭店休息的时间，开车去离维也纳百多公里的外省小城，探访那位真正使用过酒桶的老板。可惜那位老板已不在人世，他的后代向长申夫妇叙述了一些地下室酒桶使用的情况。

综合所有的信息，让长申有些灰心丧气。原来想用出售这些酒桶得来的钱再买一辆车的计划彻底落空。

从接手这家饭店，加上前任老板经营的两年时间，再加上前前任老板停止储存酿造酒的时间，这些木酒桶已经超过了正常的空置年限。如果把这些情况向有兴趣的酒农叙述，他们肯定会打消购买这些旧木桶的念头。

在回维也纳的路上，长申想，如果少讲两年酒桶空置的时间，一定会引起那些人对酒桶的兴趣，把那些旧酒桶全部买去，自己起码也可以赚上 3 万先令，反之处理这些旧木桶还必须多支出 5000 先令，这样一进一出就要损失 3.5 万先令。

长申想编造一个谎言，以虚假的时间骗那些酒农，没想到这想法还没有讲出来，那些酒农就要他提供前任

饭店店主的信息，以便他们对那些旧酒桶做一个彻底的了解之后才决定买或是不买。

这些酒农也是够精明的，不知他们是在第一眼看到长申这个酒桶门外汉所引起的警惕，还是那些酒农购买此类物品时天生的一种灵敏嗅觉。

一个初来奥地利的上海小市民，刚刚也只会讲几句德文的中国人，想要耍一些小滑头，有时可能成功，但在那些酒农面前不可能。

长申，这个上海小滑头已经成功了多次。

他的心理状态是：我们无依无靠，没有什么亲戚朋友在政府机构中，没有亲戚朋友会传授给我们在这块土地上的生活技巧和门道。老老实实做事做人，就等于自绝生路。

华人从一无所有发展到有一些私人财富，是无数个努力相加的结果。这个努力的含义，就要套用电影《地道战》的那句话：各庄有各庄的高招。

长申的智商和情商与其他华人相比是属于一个很低的层次，这不仅是在国外，哪怕是在国内的工厂里，他也是只有平均水平。加上他平平的相貌，矮小的个头，很难讨人喜欢。所以他现在想把那些旧酒桶推销出去，实际上是不可能完成的工作。

饭店地下室中的许多其他杂物已陆续地卖给一些有兴趣的人，总算也有了几万块钱的收入。原来饭店拆下具有奥国乡村酒馆老式样的吊灯，吸引了一个想在外省乡下新开一家奥国饭店的业主的兴趣。

那是一个星期天的下午，饭店休息时候。有一个事先已在电话里约好的叫琴可维奇的高个子奥国人推门进来。他一进门，长申就发现他走路有一些拖沓，脚步显得沉重，走路还明显向一边倾斜，不是有脚残，就是像有过一次中风使他半身不遂。

他的服装也明显带有山区小村民的样式，只是没有穿普通山民的皮裤。他那宽大发亮的额头配着浓密整齐的黑发，颇有一点威仪。

在自我介绍之后，他开口第一句话就是：我对你们地下室的那些旧吊灯非常有兴趣。

他已经直接讲出了自己要的东西，而且是兴趣还很大，看上去他的酒馆就是缺少那些老式的吊灯。

长申把这位琴可维奇带到地下室，照理他应该先问一声价格，再动手搬那些老旧吊灯架子，然而他却说：“我先把这些吊灯全部搬到上面去。”长申想他大概要看清楚后再买。

这位高大、腿不太灵便的乡下汉，上下地下室楼梯一定不太方便，长申想帮他一起搬。那乡下汉说全部自己来搬，你会把这些宝贝灯具搬坏的。虽然这是一句笑话，但脸上表情是认真的。他坚持自己一个人拖着沉重的步伐，把三个大吊灯和十三个小吊灯全部搬到了餐厅的空地上。

看着这些搬上来的旧灯具，琴可维奇显得有些喜形于色。看他的这副样子，这些吊灯已经完全属于他的了。长申暗想把价格开得高一些，把在木酒桶上损失的钱狠狠地在旧吊灯上捞回来。

“大的1400一个，小的950一个。”长申在心理价位乘上三，就这样把出卖价格拉高了许多。后来他自己也不明白当时怎么敢开出这么一个价格。

当讲出这些价格后，琴可维奇说：“给我一张纸和笔，我要算一算。”

长申看着他用奥国人做乘法的算式在纸上演算，两分钟以后，他终于把这些算术题做出来了。

“共16550先令，那么我把这些灯架全拿去，15000应该是可以吧？”琴可维奇带着一种询问式的口气对长申讲他认为合适的价格。

长申此时的心里是非常非常的清楚，这个价格他完全可以接受，但看到对方是一个不会讨价还价的人，就说：“15900是最便宜了。”这个价格比原来的期望值要高出六七千先令。

“好，这些灯具我全部要了。但是，我还想问一声你的那些酒杯、饮料杯和小酒杯多少钱一个？”

看着这么大的一笔生意已经交易完成，加上卖其他酒瓶和杂物的钱也已经到手，长申想那些积有很厚灰尘纸盒子里的杯子，也快一些出手吧，就随口讲了一个价格，每个杯子 5 个先令，但必须全部拿去。

这个价格看来是有吸引力的，琴可维奇又一个人兴冲冲地走去地下室，半小时后，把散落货架各处、塞在地下室四角的所有装有杯子的纸箱盒都集中在一起。

几年来，长申没有去打开一箱看过。开饭店以来，送葡萄酒的、送啤酒的、送饮料的都有带送玻璃杯的传统习惯，使得饭店每年都必须拿一些塞到地下室，原来老的玻璃杯纸箱上都积了厚厚的一层灰。

他让长申去地下室，指着这一大堆箱子里的杯子说：“我不讨价还价，但必须全部卖给我。”

这正是长申所期望的。照理说要他拿那么多的杯子，可以再与长申讨价还价一番。长申心里暗暗高兴，但口头上又重复了一句话：“你必须全部拿去，少拿一箱就是另外一个价格。”

琴可维奇拿出刚才算吊灯价格的纸和笔，用他那双大而粗糙的农民手，把三十几箱杯子的品种数量记录在上。总加之后，他说道：“一共有 599 个杯子，全部价格是 2995 先令。”

看着纸，沉思了几秒，他讲今天是先拿吊灯，付清吊灯的钱，下个礼拜来拿全部杯子，再付杯子的钱，就把 15900 先令给了长申，然后满怀喜悦的心情，像捧着一个个精致的工艺品那样，把大小吊灯全部搬运到他车上。临走时，他在吧台上要了一杯四分之一白葡萄酒，店里的价格是 15 先令，他两口全喝下去了。

长申说："这杯酒我请你。"

"真的？"琴可维奇用他那粗壮有力的手握了长申伸出的手。然后，他又从口袋里拿出 100 先令的钱说："给你儿子买巧克力！"又说道："那些杯子，虽然我还没有付钱，但已经全部属于我了。"

长申也特意补了一句，下星期天不来我就要卖给其他人了。

从最初对出售大木酒桶可得到很大一笔钱的期望值，到后来自己出钱才能处理掉这些大木酒桶，长申的心情是有些懊恼的。原来并不指望的旧灯具倒买了一个好价格，把他内心中对地下室物品能卖出好价的愿望激发了出来。在后来的几天里，果然来买旧物品的人很多，三千多个空瓶和那些装满酒的瓶子也被有兴趣的乡下酒农们买去了。

地下室已经显得非常空旷，一大堆装有杯子的纸箱和十几个大木酒桶已经失去了陪伴它们多年的积满陈年灰尘的杂物。

长申有一位外国朋友，他知道地下室还有一大堆酒杯，还没有拿走，便过来看这一批货。他是旧货店老板，很认真地打开每一箱杯子，把各色不同的杯子拿出来仔细端详。他发觉有一箱杯子很有收藏价值，另外还有一些有价值的杯子分散在十几个纸箱中，这样的杯子以 5 先令的价格卖给琴可维奇，明摆着是吃亏的。那个朋友讲每个起码都在 50 先令以上。有五个杯子上刻着 Bormioli 的字母，这是意大利很有名的一个生产玻璃杯的公司，其他有一些杯子则是一个德国高级玻璃品公司制造的产品。

长申把灰尘全部擦掉之后，每个玻璃杯看上去都是一件艺术品和收藏品。整个一箱的杯了一定是前任老板作为收藏的物品，他忘记拿走了。

那位朋友对长申说，他愿意出每个杯子 80 先令，把这一箱全部买去。长申没有马上答应下来。巨大的差价！高于 16 倍的价格！卖这一箱杯子太有吸引力了，这不是很小一笔钱。就是不卖给这位朋友，自己拿回去，放在玻璃柜里，也至少给人有艺术品位和略懂收藏的印象。

那位朋友走后，长申一个人在幽暗的地下室从一头走到另一头。刚下来时，对地下室黑暗有些不适应，十几个来回走下来，现在已经觉得和餐厅里一样的亮堂。

一遍又一遍在昏暗的地下室灯光下欣赏这些有水晶般闪亮和造型奇特的杯子，他的思想在波动。

自己饭店的地下室里还有这么一批宝贝存在，长申是有些意外的，他也明白那位乡下人知道这三十几箱普通杯中，存在着这么一箱好杯子的。这些杯子突然消失，会出现什么情况呢？

长申很后悔自己在让乡下人收集所有杯子之前，没有好好地对每一箱杯子做一个检查，查验每一个杯子的好坏和价值。他恨自己的无知和行事不严谨。

如果把这一箱好杯子抽走，那乡下人会不会放弃购买那全部的三十几箱的普通酒杯呢？按现在地下室物品这么顺利出售的情况来看，长申并不担心。现在已经有4万多先令的收入，不像当初在处理这些东西之前心中无数，心很急地想把钱拿到手。

想到了那最坏的情况，那个琴可维奇不买全部的杯子也没有什么大不了，最多就是3000先令。此时他的心情好像已经平静了很多。这一点小小的损失，已经完全不在乎。

在这位乡下人来拿全部杯子之前，长申巧妙地把这箱杯子特意放在一个他看不到的地方，当然也是在地下室。

一个星期过去，琴可维奇准时在星期天下午来到饭店里。

由于他的饭店新开张，所以他的衣着打扮不一样了，脸两边也剃得很干净，只是嘴的上下多一些胡须，看上去很有绅士风度。他满脸春风，笑容可掬。据他讲饭店的生意很好，这些旧的吊灯放在他的餐厅里很有气派。没讲几句，他就迈着他两条有些拖沓的脚步去地下室，搬那些酒杯箱子。

长申要去帮他一起搬，他阻止了说："你会不小心把杯子打碎了，我自己来吧。"讲话的口气这些杯子全部是他的，已经非常珍贵，他会非常小心地把它们全部搬到车上去。

就在琴可维奇刚刚开始搬的时候，长申想先讲出来自己需要那一箱杯子。但从他那副认真的搬运样子，刚到嘴边的话又咽了下去。他心里暗想，说不定他会忘记了这箱杯子，说不定他会无所谓少这一箱杯子，那一切事就很容易解决了。

这天下午有点热，他搬了十来箱以后，就把那件外套脱下，只穿一件汗衫，虽然已是50多岁的人，前胸和膀子都填满了鼓鼓的肌肉，并没有一点松弛。

长申坐在饭店吧台边的小桌前，看他一次又一次地从地下室上来下去。

泡了一壶绿茶，心不在焉地喝着。因为没有这一箱好杯子，他会取消全部购买杯子的计划吗？自己必须去他的车上把那三十几箱杯子全部搬回来，但为了那一箱杯子属于自己，也值得这样去劳苦一番。这是我的私有财产，我有权处理，长申来到奥地利这么些年，对私有财产的理解比以前在中国时的了解要深刻得多。

他把最后一箱杯子放到了车上，来到长申坐的桌子边，显露轻松的微笑对长申讲，根据上次清点的数字，好像是少了一箱，不知道是不是事实。

长申原本希望他会忘记上次的总数，这次搬多少算多少，现在他提出来，长申就开始装糊涂，说自己事情太多，地下室可能有人搬动过。

琴可维奇似乎料到长申会来这一套，也是装出一副无所谓的样子：“哦，也有可能其他人也动过这些杯子，最后没有再堆放在一起。”

琴可维奇见自己的话让长申有些内疚的样子，依然用可商量的语气说：“我只不过是对那个箱子里的一两个杯子的图案有些兴趣，一种款式的杯子与我家里的杯子是同一个年代、同一厂家的产品。如果能找到那就再好不过了。”他又笑眯眯地看着长申。

这几句话彻底解除了长申的戒备之心，琴可维奇并没有很强烈地一定要得到这箱杯子的愿望：“那么我再去地下室找找看，说不定还在那里。”

两个人一同来到地下室，长申装模作样地在几个货架上摸来摸去，然后直接走到存放的那个纸箱子那里，推开压在上面的掩盖物，抽出藏在里面的箱子。琴可维奇很小心地接过箱子，先是轻轻地打开，看了一眼里面的杯子，认为还是老样子，就马上盖好了纸箱盖子。

长申见他并没有对其中一两个杯子拿出来看一下，有些不太理解，心里想：你就拿一两个杯子吧，那件事情就结束了，整个箱子我要留下，少一个对我来说是无所谓的。

地下室只有二米多高，吊灯比较低，琴可维奇一米八的个头完全挡住了他头后面的那盏灯，长申此时已看不清他脸上的表情，只是听他说："你准备怎样进行下去呢?"琴可维奇的嗓音已经发生了变化，变得缓慢而有力。

"我还是想将这一箱留下，那天卖给你之前我忘记了全部检查一下。"长申终于把自己的愿望像挤牙膏一样挤出来，同时欲伸手想从琴可维奇手中抱回那一箱杯子。

"好！整个一箱杯子你就拿去吧。"琴可维奇退后一步，用双手高高地举起了那箱杯子，眼中露出一丝狞笑，笑声让长申觉得有些像远古山洞里传来的恐怖怪音。只见他平稳地轻轻松开夹紧纸箱的双手，"砰"一声纸箱落在了水泥地上。

琴可维奇用穿着大皮鞋的脚在箱子上又重重地踩了一下，他把自己的怒气全部地从那大皮鞋的底下发泄出来。

他快速度冲到长申面前，用那强有力的右手一把抓住长申前胸的衣服，长申觉得自己的脚已经离开了地面，嘴巴和鼻子几乎贴近了他怒气冲冲的脸。

"这一箱杯子还是属于你，我会付全部的钱!"

长申此时像一个布木偶被他揪着，脚微微地点在地上，忽又完全离地，忽又点到地面。琴可维奇身上的汗味混着特有的体味直冲他鼻子和嘴巴，长申感到有些恶心。此时琴可维奇那个抓紧长申衣服的手向左右摆动，长申开始脑袋发晕，似乎觉得呼吸也有些困难……

琴可维奇巨人般的大手真是太有力了，他完全有力气把长申举起来，他没有这样做，觉得已经足够教训这个眼前的人了，便放下长申，松开巨人般的大手，快步地离开了地下室。走到饭店吧台处，他从口袋中摸出三张 1000 先令的钱扔在桌子上，一瘸一拐地朝门外走去，不一会，门外传来了车子发动的声音。

皮鞋

二十世纪九十年代的初期，许多饭店的生意都不太理想，上海人宗长中的“黄浦饭店”就是其中之一。他原本做跑堂，为了节省开支，进厨房当大厨了。

两个月过去，做大厨新鲜感消退了。有一天他坐在厨房里胡思乱想，想起五年前自己和厂里那帮“哥们”在告别宴会上讲的一句话：我属于世界，世界属于我。

对这句不伦不类又似乎有些豪气的话，他没有多作解释。朋友们都明白，你现在可以离开中国了，原来属于中国的人，现在可以讲你是属于世界了，我们还是在中国，那肯定属于中国。

此时他坐在只开了一盏灯的厨房里，想到当时情景而满怀忧伤。

现在自己属于这个没有什么生意的饭店和厨房的清洁杂活，还有晚上下班时满身油烟气属于自己。

他问自己：一个大上海人，也算是有模有样的，历经千辛万苦，曲线迂回地来到维也纳，是为了进这个小厨房来炒菜洗碗的吗？他觉得要打破目前的“僵局”，拿出行动方案来，让在维也纳周围的朋友看看，自己非“平庸”的上海人。

自己之所以能够出国是脑子活络，掌握了稀有信息。现在也必须动脑子扭转乾坤，走前人旁人没有走过的“经营之道”。

经过一两年的努力和实践，在没有华人样板可依和没有本地华人实例模仿的情况下，凭着灵感、凭着父母讲旧上海市区弄堂有送菜上门的那一点启示，他终于找到了改变生意的密码，饭店生意马上有了明显的变化。长申走了一条“外送”的饭店经营之道。

这一业务也是当时在维也纳最早几个敢于吃“大闸蟹”的饭店推出的。几年后，他的腰包大大地鼓了起来，原来店里的员工已远远不够，于是饭店在大门玻璃窗上贴了招人广告。

陆陆续续有四五个人来要求做“外送”工作。有些人谈了几句就谈不下去了，他们需要报税和正规地享受奥地利的社会福利。这个绝对不可能，长申想，我努力增加生意，不是为了增加你们这些人的社会福利，有多拿一些零花钱就差不多了。所以他只青睐打“黑工”的人。

有一个欧洲人来“谈工”。他一进饭店的门，长申见他走路的样子非同常人，那双样子看上去有些特别的皮鞋踩在饭店地毯上有着不同的声响。

看样子是奥国人，年龄有四十出头，实际上只是三十四岁，与前几个来谈工的瘦小的身形不同，他有近一米七五的身高，原本深色的头发已经有些灰白，长圆的脸，鼻子并不高挺，只是有些宽平，长申第一眼觉得这是一个靠得住的人。

他自我介绍叫安德烈·本杰明，职业是警察，只能做周末的外送工作，如果周一至周五晚上有特别需要的话，最好提前一天告诉他，工资必须当天就付。

长申听完心里一惊，他说自己是警察，是不是开玩笑，太太当时正在接听一个外送电话，没有仔细听清他的话。

长申在太太耳边小声用中文说：他讲他是警察。太太也轻轻地用中文惊奇地回答长申：不会的吧，警察也来做“外送”？

坐在对面的本杰明猜到了这两个中国人在讨论自己身份的真实性，他是通过看两个中国人讲话时的神情产生这种猜测的。

长申太太用德语与本杰明解释，自己怀疑丈夫是否听错了，因为你讲你是警察。

本杰明一直在等待让他来解释警察身份，他没有用惊讶的语调，只是很温和认真地讲，自己是一个真正的警察。

长申和太太当场就同意他来做“外送”，因他还开

自己的车，不用店里的摩托车，每小时工资还给高了一些。他们的私心是说不定有一些特殊的事，可以叫他处理一下。长申已经有了“卫生警察”的朋友，再多交一个“真正警察”有什么不好呢？

二

“黄浦饭店”有两位波兰老客人，他们是一对夫妻，住在与饭店的同一条街上。自饭店开张以来，他们周末总是一家人来吃饭，他们的一个女儿在维也纳读大学。半年前波兰夫妇退休回波兰养老了，这里还留着他们的女儿。

波兰夫妇的女儿叫妮可，自从父母回波兰后，她几乎每个周末都要来吃饭。妮可从外貌上继承了母亲的华贵丽质，在言谈说笑、表情举止中有着出身于一个富贵大家族的痕迹。从她那坐相、吃相和站相不难看出她的体内流着几百年的贵族血统。

在波兰革命时期，他们一家逃到奥地利，土地、房屋和仆人都没有了，但几百年贵族家庭养成的那种文静娴雅是难以消失的，矜持的气质在他们那些并不是很高贵的服装后面依然存在。

饭店的人都和妮可很熟悉和随便了，她还没有真正的恋爱中的男朋友，否则她不会每个星期天中午来饭店吃午饭。新来做“外送”的越南人也经常和她打招呼。

本杰明开始周末来做外送时，也只是与她一般地打个招呼，话并不太多。妮可习惯坐的桌子和本杰明习惯坐的桌子中间是大厅的走道。

妮可吃完饭后总会一个人静静地坐在那里，看看这几天的《皇冠报》。本杰明在等待送菜时，手里总是拿一张当天的报纸仔细阅读。当本杰明外送回来时，妮可就把在阅读的报纸放到本杰明的桌上去。

本杰明在半年以后才与长申透露，自己刚买了一套旧的住房，必须花很多的钱来搞装修，因此需要来打些工，赚些零用钱。

三

星期天晚上十点钟后，“黄浦饭店”生意节奏开始平稳，一个小时之前需要三个人才能把外送单完成，现在只要本杰明一个人即可，此时他正在送菜的途中。

老板长申见时间稍有空闲，就走出饭店大门去隔壁商店的冰箱里取一些明天上午的备料。

现在是十二月初，整天都很冷，那种干冷正在孕育着雪的产生。不一会儿天上无声地飘下了小小的雪花，这是今年的第一场雪。

长申太太看着窗外开始下雪，心中不免有一丝“幸运”的感觉，此时只有本杰明一个人在送菜，他是开车的，恶劣的天气对他影响不大，许多常人不敢停车的地方，对他来说没有任何问题。

做外送的饭店，比普通的中餐馆多一层对自然气候的担心，严寒酷暑，风雨飞雪，都会令人不安。

当然也要辩证地看，自然气候越恶劣，需要外送的电话就会不停地进来，不管是员工，还是老板，听到那“集结号”，都会出现兴奋与恐惧相杂的心情。做外送生意的饭店，也有点像农民“看天吃饭”。

她抱着一大包今天堂吃换下来的白台布，台布太多，把她的头发也盖住了，远处望来，好像一堆白台布小山自行移动进了吧台后小门，那里是饭店的仓库，有洗衣机、凉台布架、烫台布机等。

“小城故事多，充满喜和乐，若是你到小城来，收获特别多……”餐厅四个立体声喇叭正在放邓丽君的歌。跑堂阿勇一个人在吧台中洗杯子，室内是暖暖的，飘荡着软绵绵的音乐。

这时进来一位年轻人，较高的个子，衣服时髦，一看便知是欧洲人。他走到吧台前要了一杯可乐，马上付了钱，显然是一个路过口渴的闲人来喝杯水。

“丁零零……丁零零……”阿勇小心地放下手中的玻璃杯子，擦干手之后，拿起电话，很自然地搁在肩上，听筒对着耳朵，用肩膀顶着，解放的双手，一手拿纸，一手握笔。

“是黄浦饭店，好……要一份鸡丝炒饭，两条春卷，一份辣白菜，好……好……地址是一区皇宫大道 8 号 203 房间，姓名大卫，电话号码 3587356，大约三十分钟送到。”阿勇放下电话，又写了一张进厨房的单子，就朝厨房走去。

“黄浦饭店”的店堂间如大写的字母 L，厨房在最高点上，两线交叉点是饭店大门，而最下线的尽头是一个吧台的位置，仓库在吧台后面的一个房间，所有倒酒水、接电话、写单子都在吧台上进行。

阿勇手拿着订单离开吧台，朝厨房走去。平时，他走进厨房之后，有时候就将订单在钩子上一挂，人就出来了，但有时客人有一些特殊的要求，就必须口头向大厨做一些说明。刚才的客人讲要少一些鸡丝，多一些蔬菜，特别多一些洋葱，少盐少油。这个客人是一个守时而刻板的人，每个礼拜的这个时候都会订外卖，前后不会相差五分钟。接电话的人，每次都要花时间关照厨师。

长申手提着一箱货推开饭店门，进入店堂里，只见一个欧洲年轻小伙子从吧台里朝外走，马上引起了警觉。这个人到吧台里面去干什么？小偷？于是放下手中提的东西，快速冲向吧台。

小伙子听见门铃响，知道有人进来，抬头一看是长申老板，就大声说：“我还要一杯可乐。”慌张地为自己的行为辩护。

这哪里还能骗长申，他一个快步冲到吧台，挡住那人的出路，抬眼一看放算账皮夹的抽屉开着，心里明白一切，马上伸出双手去抓小偷。

吧台出口过道有一米宽，长申和小偷就在这里相遇，小偷依仗人高一些，趁长申人没有完全站稳，一把抓住长申撞向吧台的边角，一堆菜牌立即散落在地，把每天要给小瓶加酱油的瓶子也打翻了。长申肩膀被撞向吧台角落，小偷用肘子撞他脸的一侧，他的眼镜已经掉在地下，颈脖子被桌的边角处划了一下，有血流出来，直朝衣领子里流。没有了眼镜的长申，像瞎子一样，用手去抓小偷衣服。

长申头脑中就想着那个抽屉里被小偷拿走的皮夹子，便紧紧地抓住小偷衣服。小偷看见右手边是一叠托盘，便顺手抓起一个向长申的手砸来，长申有一种小臂被切断的感觉，只能本能地松开那只手，倒在吧台边的地上。小偷趁机窜逃出吧台，朝出口冲过去，离门口仅有两米。

门响了，本杰明送菜回来，他左手推开里门，右手拎着那个外送箱子，先是看到一个小伙子慌张朝门走来，马上看见长申脸上没有了眼镜，人倒在吧台边的地下。

本杰明看到店里面的这种情况，又听到长申的“抓小偷”的喊声，心里明白了一切，便大叫一声：

“警察！站住！”

小偷根本不把本杰明的喊声当真，认为这是一个进来的客人，是想要报警，仅仅是吓唬他，仍然以极快的速度正面地朝本杰明冲去。

他想硬闯过去。两人正好面对面。本杰明伸出左手，在小偷面前晃一下，好像要去抓他的衣领，小偷马上身朝后一退，用右手挡住本杰明的手，本杰明右手拎着那个外卖工具箱就朝他头上砸去，“啪”的一声，小偷有些晕头转向，看不清一样什么东西砸在自己头上，本杰明又飞起右脚，沉重的皮鞋头，对准小偷膝盖踢去……

小偷的耳朵被塑料的工具箱砸出了血，耳朵上面也马上起了一个凸出肿块，膝盖被皮鞋这么一踢，人失去了平衡，侧身倒地时，用手去扶身边的餐桌。本杰明又用另一只脚对准他的另一个小腿狠狠一皮鞋，小偷随手抓住餐桌上的白台布就倒在地上。

“哇！哇！”小偷大叫两声，不明白自己怎么会倒下这么快，都来不及拔出小刀。

“不要动，我是警察！”

本杰明马上用他那大皮鞋踏在小偷身上，从自己裤袋里摸出一副手铐，用非常熟练的动作，就把他的手铐上了。

刚才被小偷打倒在地上的长申也本能地站立起来，

因为掉了近视眼镜，只能在地上摸索，在摸到仅有一个镜片的眼镜后，他立刻戴上，然后朝餐厅中央冲去。长申拿起刚才小偷砸他手臂的送酒水的托盘，冲到小偷面前，狠狠地朝小偷头上打去。打偏了，只击中小偷的左肩膀，这肯定是缺了镜片的原因，不过也解了气。

此时老板娘从仓库回到了餐厅，跑堂阿勇也从厨房回到餐厅。

本杰明开口说：快去把门关上。

大家都明白他的意思，此时让人看到眼前的情况是很不妥当的。小偷就在餐厅中间被本杰明用膝盖顶着后背倒在地下。

本杰明喊："另一只手。"

小偷就是不肯老实缩回另一只手，他还心存侥幸，万一他那个没有被铐上的手拿到了自己腰间的小刀，就可能变被动为主动，对方至少没有刀。在刀的面前，大部分人会吓瘫和妥协的。就在这时，小偷侧过头看到了本杰明的皮鞋，这种皮鞋对他来说是太熟悉了，三个月前穿这种皮鞋的人在他面前耀武扬威地走来走去，怎么今天压在自己头上的人也是穿着这么一双皮鞋。他在三个月前也曾经在警察局里吃过这种皮鞋苦头，有时在马路上看到有人穿着这种款式的皮鞋，就会心生惧怕，都不敢正面对视。

奥地利警察穿的皮鞋都是在下奥地利州的小城特朗

斯奎息一家有三百多年历史的皮鞋厂生产的，此家工厂至今还是用最传统的制鞋工艺来定制每一双皮鞋。此鞋比普通皮鞋略宽，但整体穿着舒适，没有沉重感，离开警察岗位，还必须把皮鞋交回。

小偷初次进拘留所，认为里面外面的警察都是一样讲道理、讲人道，可是在管理人员的皮鞋的几次教育下，就觉得它的厉害和功能了。今天又在自己的眼皮底下看到了这个“警察皮鞋”，他的心理防线开始崩溃，就慢慢地缩回了另一只手，乖乖地让本杰明在后背上铐在一起。

厨房里打了一下铃声，刚才外卖的菜已经做好，阿勇拿来后就从仓库边门出去送了。

老板娘见长申耳朵下有血，就找了一块干净的纱布给长申把血擦掉，把耳朵包扎了一下，再去把离开镜架的另一片镜片找到，重新压回镜架里，架上长申带血的耳朵。没有眼镜对长申来讲更可怕。

这时本杰明已经从小偷身上搜出了那只被偷走的皮夹子和他腰间的那把来不及拔出来的小刀。

小偷的耳朵被外卖箱砸中，还在不断地流着血，滴在脖子上，也滴在肩膀上，老板去吧台内拿出几张半干净的餐巾纸帮他敷在流血处，血止住了，小偷口中也不喊救命了。

四

本杰明见情况稍有平稳，对着小偷，也对着长申和太太说：现在有两种方法，公事公办，我马上打电话到警察局，另一种办法就是私了。

长申点点头，说今天这里发生的一切由你做主。他也知道，本杰明的话就是讲给小偷听的，关键是小偷身上是否有现款，这一套本杰明应该知道很多。

当本杰明把两个处理方法当小偷的面讲清之后，小偷想只要不被送到警察局去，破点财也算是不幸中的大幸了。

“OK，私了！”小偷马上回答。

用钱能解决的事都不是问题，出来混自己是有准备的，小偷干这一行也有些时日，黑吃黑的情况自己也是碰到过，只不过今天这种情况从未遇到过。

“1000 欧元。”本杰明开口了。

长申在旁边想，小偷身上有 100 欧元就不错了。

本杰明拿着手铐的钥匙在小偷面前晃一晃说：“快点拿钱出来！”

小偷并不那么紧张，有点“死猪不怕开水烫”的样子，装出有气无力样子：“我只有 50 欧元。”小偷抬一抬右脚，意思是在右裤袋中。本杰明伸手进去，在一堆杂物中找到 50 欧元纸币。

“想私了又不想拿钱出来，浪费时间。”本杰明抬起他的右脚，做了一个准备再踢小偷的动作。小偷本能地退后一下，再次用极为可怜的眼光望着本杰明，恳求地说：“在我右脚鞋子里有 200 欧元，这是我最后的钱了，钱拿去，你们放了我。”

他抬抬右脚，本杰明解开了他右脚上的鞋带，让他脱下鞋子，在鞋垫下找到两张 100 欧元纸币。

小偷把两只手移到本杰明面前说：“钱都给你们了，你应该开锁放了我。”

“看样子你还是想我再把你把腿踢断。”本杰明抬起他的皮鞋，用鞋底重重地踏一下地毯，发出一个沉闷又惊悚的响声。

“不！……不！……不！……”

小偷望着本杰明的眼睛，知道自己最后的秘密瞒不过他。

长申也想最后吓唬他一下，他走进厨房，拿起一把平时卤完鸭子，插进整个鸭子提出卤锅的二头钢长叉走到小偷面前说：“你把我耳朵砸出了血，我也要叫你出点血。”长申指指自己用钞布包扎的耳朵，装样子要去刺小偷的手臂。

一个人装上帝、圣人、慈善家容易，要长申装一个像黑社会的打手，也实在难为他了，他只想快一些结束眼前的事。

“不要，不要刺我！”

小偷抬了抬左脚：“剩下的钱全部在这里面。”

本杰明把他左脚上的鞋带解开，从鞋垫下挖出 350 欧元。

又是一股脚臭气弥漫开来，长申去接过本杰明递过来的钱，也顾不上那么难闻的气味了。

“还剩下 400 欧元怎么办？”

本杰明拿过长申手中的二头钢长叉，对着小偷晃一晃，他知道是在做最后的了结之举了。他对准小偷的胳膊快速地刺去，小偷闭上了眼睛，声嘶力竭地哭起来，他知道自己双手被反铐着，无处可躲。

“噢，噢……”他只有哭叫可以让自己轻松一点。突然他停住了哭，慢慢地睁开眼，二头钢长叉没有进入衣服，就在外面停住了。

小偷到现在还是第一次碰到像本杰明这样“黑吃黑”的情况，哭诉道自己身上已经没有任何一分钱了。

长申就想快一点把事情结束，对本杰明讲：“今天就算他走运，我们要关门了，让他早一点滚蛋吧。刚才还有两个外送马上要送去。”

本杰明放下钢叉，从裤袋中拿出手机说：“你先站好，我把你今天的样子拍一张照片，如果一个星期以后不把余下的 400 欧元送来，你知道我这张照片会派什么用处。”他对着小偷正面拍了一张照，是戴着手铐拍的，当然手铐在后面，照片中没有。

本杰明走到小偷后面，开了手铐，死死地看着小偷眼睛说道：

“走远一些，不要叫我在这个区和饭店的周围看到你！”

小偷很快地说着“是，是”后就慌张地离开了饭店。

厨房里又拿出了两个刚做好的“外送”。本杰明拿起刚才砸小偷的那个塑料工具箱放进“外送”后，一手接过长申太太给他的单子，一手提小箱子，消失在外面漫天飞舞的大雪中。两分钟前他是一个凶悍的“警察”，现在是一个为长申饭店送菜的人，不知饭店内情的人在门口看到他提着塑料工具箱出来，一定以为他是一个二十四小时服务、上门修自来水管道的管道工。

空旷的餐厅中散发着酱油、辣椒酱和胡椒粉的气味。灰色的地毯上多了一大块深色的酱油污渍，很大一片，弯弯曲曲，边上是红色辣椒酱里的红油在渐渐地漫延开去。

马路上已经被飞雪盖上了一层薄薄的白毯子，停在路旁的车被白色的“车罩”严严实实地套着。本杰明走过，发出“嗖，嗖”声响。

下班时，长申把今天全部营业额的一半2800欧元，加上小偷拿出的600欧元，再加上一天100欧元工资给了本杰明。当然一星期后小偷送来的钱也全部归了本杰明。

抓小偷事件后，本杰明和波兰姑娘妮可的恋情也公开了。长申和太太一直在背后猜想，也几次当面讲过他俩，从心里多么想让这位凶猛的“警察”得到美丽贤惠又高贵的波兰姑娘的爱情。上苍有眼，他们终于走在了一起。还在恋爱时，本杰明只做星期六的“外送”，平时也来做两三个晚上，星期天就陪着他的妮可在“黄浦饭店”吃“怪味鸡”。他们结婚后就来得比较少了，当长申要把饭店卖掉时，他们两人是推着童车来吃饭的。

“这是一个‘小警察’吗？”长申望着穿着妮可结的绿色的软软的毛线童鞋的婴儿说。

浴火重生

一

望着白色房间顶板，宗长申没有生疏感，出国几年来躺在床上见到的屋顶都是白色的。眼睛朝下移，一条全白色被子盖在身上，住旅馆才盖这种被子，家里用的总是有些花纹颜色的。转动一下头，看到枕套也是全白色。

把头转向窗外，窗外的天已经有些暗。又转向房间中间，发现还有一张床，铁管床架也是白色的，还有全白的被子和枕套，有一个老人正坐在床沿吃饭，他衣服和自己一样，浅蓝色宽条纹的。有人说穿同样衣服的地方不是监狱就是医院。这里肯定是在医院。

床边柜上有一个盘子，其中有两片黑面包，一盘沙拉，三根小小的酸黄瓜，一段光溜溜奥地利肉肠，一小包黄油和果酱。

没有饥饿感，但眼前的食物与平时不同，有一点尝试欲。他先把香肠大口大口解决，又拆开黄油和果酱夹在两片黑面包中，一口又一口地吞食了。

中午吃的是什么？他想不起来了，肯定在自己饭店里吃的，只记得吃完盘中饭菜，喝了最后一口啤酒，离开餐桌，拿起盘子朝厨房走去。

厨房门开着，看到炉台上饭锅的包盖布上有火，而且很大，把炉台照得通亮。

“起火了！”他一边朝里走，一边喊。见到炉台上情况不妙，转身回头对吃饭的人大喊：“张姐，快打电话叫救火车！”

他转身又冲进厨房，屋顶板上一块带火木板掉了下来，就在他脚边，把他的裤管点着了。他马上去拍打裤脚管，明火没有了，牛仔裤却和皮肤粘在了一起，裤管还冒烟。

炉台上抽风机积油槽也有火苗，顶板上的火苗朝厨房门口一点一点地烧去。

厨房里满是烟。

同事们进来后，把炉台上的火扑灭，把木架上的火扑灭，又用长扫帚拍打顶板上的火。小小的厨房里大家乱作一团，你撞我，我推你，东一堆小火，西一片火苗……

消防车的警笛由远而近，在饭店门口已经是震动耳膜了。

一闪一闪的灯光透过大玻璃窗照进了混乱迷蒙的厨

房，两个消防员全副武装冲进来，叫大家全部出去，又一个消防员拉进来一个带铜喷头的水管，对准炉台上还剩余的火苗一阵喷射，又对准顶板上的火苗、抽风机积油槽上的火苗三五下喷射，厨房中没有了明火，只有烟。

消防员在大门口架起了大的鼓风机，把饭店和厨房里的烟往外抽。

在床上，盘中的食物吃完后，他把盘子放回床头柜上。边上的老人问他："味道好吗？"长申礼貌地回答："很好。"

他开始认真地看那个人一眼，看到了他床头柜有电话机，而自己没有。

还没有给上海的太太通过电话，也还要给饭店张姐打电话。自从被救护车送来之后，已经好几个小时了。上海的电话可以明天再打，张姐可能今天会来一次。他有些焦急地等着她来，把眼光对着门外走廊。

就在与医院隔开七八条街的地方，张姐兴冲冲地走着。五月初的维也纳是人们一年中穿衣最乱的时候。有穿T恤衫的学生，有穿连衣裙的女孩，有穿呢大衣的妇人，还有穿皮衣和羽绒服的男士。张姐在这一群人中走进了"罗马尼亚航空公司维也纳办事处"的门。二十世纪九十年代初期，很多上海人通过这个航空公司进入奥

地利维也纳开始新生活。这时已经将近晚上六时半了。

她想早一些来，但整个下午要处理失火后的事太多。饭店不能做生意了，她就把冰箱中的备料和食品全部分给饭店员工带回去。

她还在饭店门口写了一张告示，让客人们知道饭店因失火而停止营业，进入装修阶段。

饭店对马路的“工作服商店”老板彼特，在长申被救护车送走之前，向长申保证他会帮助饭店处理一切的，他要张姐把饭店与保险公司的合同找出来，送到他对面的商店里。

当合同送过去后，彼特又要近三个月饭店付给保险公司的账单，她无奈再去找账单。这平时总是宗太太负责收管的。她又必须在一大堆饭店账单中找，下午时间都花在这些杂事上面了。

近下班时间，航空公司小姐对张姐来办理退票手续很不耐烦，张姐也是没办法，原来准备在宗太太从上海回维也纳后，第二天她乘罗航飞机回上海，现在饭店出了这么大的事，她只能代理长申和宗太太善后装修，只得先把机票退掉。

消防员临走时关照张姐，今天要去警察局备案做一个笔录。张姐从航空公司出来，又匆匆地赶去警察局，因护照在家里，又回家去取。从警察局出来已经是晚上九点多了，她知道医院已经过了探望病人的时间，决定明天和彼特联系了保险公司后再去看长申。

二

宗长申右脚小腿上包裹着厚厚的白纱布，躺在全白的床上，什么事都不干，这种情况从前什么时候有过，长申想不起来了。

刚被送到医院的时候，医生要他有思想准备，观察三天，如果体内有足够的抗腐烂能力，新皮肤可能会慢慢地长出来，就不必皮肤移植了。这种情况没有仪器可以观察，医生凭眼睛也看不出，只有上帝知道，但是不知道到哪里去问上帝。

第二天来查房的一位维也纳皮肤科教授，带了十几个学生，把长申病例当教案，给学生分析皮肤在什么情况下可能会抵御腐烂菌类的侵蚀，而不需要进行新的皮肤移植，每一个学生都用放大镜仔细地看了长申的小腿烧伤的皮肤表层。他们临走时，长申问教授情况怎么样，教授说上帝在后天才会告诉他，看着教授幽默的回答，他觉得自己还是有希望的。

对上海方面，他在电话中含糊地讲述了饭店起火的原因，又轻描淡写地讲了烧伤的事，但用肯定的语气说彼特和张姐完全有能力把饭店重新装修，他不想让太太提前赶回维也纳，因为老岳父身体最近有问题，岳母已无力照顾，太太留在上海才是最佳选择。

宗太太在知道维也纳的“大上海”饭店因失火需全面装修，丈夫烧伤住院治疗，无人打理一切事情后，心急如焚。饭店在三年前借贷了一百三十几万先令，去年生意稍有好转，开始正常还贷，现在祸从天降，而自己又不在维也纳，真不知如何是好。不过维也纳仅仅是经济损失的事，而在上海是作为一个女儿尽孝的大事，她只能考虑留下。好在饭店马路对面的服装店老板彼特和张姐都是可以托付和相信的人，丈夫在病床上也能进行指挥，所以她便安心地留在了上海。

彼特是饭店对街经营“工作服”的店主，与长申又是好朋友。开店三年多来彼此都很熟悉，他是一个正宗的维也纳老油子生意人，年轻时候去美国闯天下，一生倜傥风流，有过三次婚姻，现在独自带着小儿子惨淡经营着“工作服装商店”的生意，自由自在无牵挂。他最近想扩大生意，苦于没有资金购买设备。长申想，这次保险公司理赔如能多得到一些赔偿，就尽可能多分给他一些。按西方生意人习惯，做事之前先讲好收入多少，或者先讲定一个抽成百分比，可彼特至今还没有来医院与长申讲费用的问题。

张姐是上海的老三届，原名是张洁玲，年龄比长申大，饭店人都叫她“张姐”。1969 年她中学毕业从上海到黑龙江农场工作，随后与一上海知青结婚，育有一女。回沪后，两人离异，她的父母帮她带着女儿。四年前她一个人出国闯世界，在斯里兰卡待了八个月，半年时间在赌场里度过，每天去混三顿饭吃，三年前进入奥地利，办了工作居留，两年半前来“大上海”饭店工作，与长申、宗太太相处很好。原打算宗太太回维也纳后，她回上海去看父母和女儿，这也是她第一次回国。她想利用这次回国，寻找机会把女儿办到奥地利来。她会跳舞，从黑龙江回沪后在上海文艺单位搞美术，长申儿子学画的启蒙老师就是她。

张姐知道现在要代表饭店方与房东、保险公司及各类设备修理厂商打交道，还要配合彼特与保险公司理赔评估员的交涉。长申关照，因为彼特代表他与保险公司交涉，就要把他当自己人，也要舍得在彼特身上花钱，如买咖啡、买啤酒给彼特喝。长申在电话和当面总是叮嘱张姐要“头子活络”，凡是彼特与有关人士去喝酒吃饭都要跟着走，让这些人吃好喝好，这些钱都由饭店出，让彼特在这些人面前有“派头”，增加他交涉的地位和分量，让保险公司办事员以后定理赔价格时，稍稍发挥一些小作用。张姐对长申说，自己在黑龙江农场、上海文艺单位这些关系很复杂的地方都混过来了，与这些外国人打交道自己心中有数。

当张姐第二次来医院看望长申时，她穿了一件刚从玛利亚大街买来的流行西装套裙，淡蓝色的蕾丝款式更衬托出一个“上海女人”的气质。张姐说，出国时带了一件绿色旗袍连衣裙夏装一直没有时间穿，现在去办事的时候，她就大胆地穿了出去。长申一听就知道这种旗袍穿在她身上，“上海淑女”的“腔调”一定很浓。邻床的老头对长申说，这个女人一定是你老婆，或者是亲密的女朋友，或者是中国的电影演员。张姐坐在床边的椅子上与长申讲话时，老头两个深绿色眼睛一直盯着她看。张姐走后，老头对长申说，太遗憾没有在年轻时去中国闯一闯。

三

一个礼拜过去了，今天是长申入院以来心情最好的一天。早上皮肤科教授来查病房，对长申讲，小腿上烧伤皮肤的地方自行长出新皮肤的概率是百分之七十五。接着又说了三句话：这是上帝帮你，上帝一直在关心你，上帝知道你是一个好中国人。长申暗自想，出院后该去饭店后街的教堂，买十支蜡烛点起来，谢谢上帝恩典。医生带着他的学生走后，长申对着空白的墙壁画了三个十字。邻床老头说：你开始相信上帝了，我们这些人开始也不相信的。

医生仍然要他坚持多喝水，这对烧伤部位皮肤的恢复有决定性作用，护士每天给他拿了六瓶两个立升的水，根据以往的经验是没有人能全部喝完的，想不到长申在吃午饭的时候就全部喝完了，护士只得再送六瓶过来。

他的床头柜上已经装上了电话机，每天都要打电话与张姐联系，她已经来过两次，他还是希望张姐能天天来。邻床老头家人天天都来，还带来许多自家做的糕点，家人走后老头总是要分一半给他吃。因此张姐每次来之前，也总要去中国货行买一些中国干果点心，带来分一些给邻床老头。

今天张姐又来看他，手提一包中国糕饼，身穿从国内带来的绿色旗袍连衣裙。长申也是第一次见她穿这一身漂亮艳丽的旗袍裙，“东方女人”韵味十足。邻床老头和进进出出的护士们，他们欣赏的眼光让长申觉得很有面子，男人的虚荣心常常是莫名其妙的“幸福”源泉。张姐像姐姐一样地呵护他。

他要张姐陪自己去医院花园走一圈，这是长申第一次从十五楼病房下来，在鲜花布满的花园里，在生活服务区各类商店中走走看看，最后两人坐进了医院的咖啡餐馆。

他们点了两杯维也纳“米郎秀”咖啡，一份典型维也纳点心“苹果卷”，这是张姐吃不厌的咖啡点心。

关于店里近一个星期内的事，电话中都讲过了，她知道长申需要了解彼特与保险公司办事人员交涉时的具体细节。

她将自己几次参与和保险公司办事员谈话所了解的

内容告诉长申，彼特强调是电线老化引起的设备事故，厨房某一段电线已有四五十年的历史了，保险公司方也没有派出专门人员来鉴定和研究，事实上是默认了饭店所说的这一理由。事后长申从有关保险专家那里知道，起火有三大类，第一类是纵火，这个属于刑事案件，保险公司听从法律机构的判决，第二类是工作上的疏忽引起的火灾，第三类是设备老化引起的自然火灾。对后两类的理赔，保险公司一般没有区别。

他的咖啡喝完了，又要了一杯奥地利特有的草药植物有汽饮料“阿姆杜拉”。张姐没加饮料，女人有一个潜意识，怕上厕所麻烦，所以在外尽量少喝饮料。

张姐穿着旗袍回头率很高，他看到了，她自己当然也注意到了。

张姐继续说，修复装修的保险赔偿金额，这是核心问题。饭店方可以拿到多少赔款，取决于与保险公司办事员的关系，彼特已经给保险公司办事员和评估员送了酒和礼品，相互关系很融洽。

保险公司比较倾向让饭店方提出一个装修总数额，如果在保险公司认可的范围内，那事情也就算结束了。饭店方拿了这笔钱去装修，不够自己贴，多余还可以拿进现款。当然还有另一个赔偿方法，就是请一个装修公司，按保险公司赔偿金额的范围进行装修，实报实销。

这两种理赔形式，哪一种是饭店方收益更多，这就是彼特左右权衡的要点。

彼特认为，饭店采用装修公司实际装修实报实销的方法会得到更多的收益，保险公司只需要装修方提供最后账单即可。

长申问张姐："最后的那个提供账单彼特有把握吗？"

张姐回答："从彼特现在的口头保证来看，他是有足够把握的，这个你完全可以放心。"

长中想了想对她说，如果真的在结束时，既满足了保险公司账单要求而又比"价格承保"多得一笔数额，这笔钱应该奖励给彼特。

长申心里又想到这个问题，彼特代理饭店与保险公司交涉，最终要拿多少钱或者赔偿比例，他怎么到现在还没有来与自己谈一谈？

这时已经晚上六点半了，长申想张姐一个人回去还要自己做晚饭，就叫跑堂拿菜牌给张姐，她点了一份维也纳炸猪排加土豆黄瓜沙拉，长申又点了一杯"阿姆杜拉"，同时也给她点了一杯苏打水加柠檬。

十分钟后，跑堂端上了一盘金黄色的炸猪排，旁边是黄绿相间的色拉和一小堆炸薯条。

张姐慢悠悠地吃炸猪排，她因为穿着那身旗袍裙，样子看上去有些别扭和做作，可能她比以前胖了一些，手臂转动有些不自在，但她熟练地用刀叉，抬起头来看着长申，回答他问话时的神情还是非常"上海女人"

的。在讲彼特的个人特点时，她笑起来很甜，尤其是那酒窝让她更添了几分美。

他拿起杯子喝一口，此时不是在上海酒吧，也不是在香港某个舞厅，而是在异国他乡，面对这一位穿旗袍的“上海女人”，他顿生怜香惜玉之感。四十五岁的人了，如此一个有些孤傲又有些文化阅历的上海女人，哪里再去找人生的另一半呢？

长申有时很自私地想，如果她找到了男人，肯定会离开饭店，那还是希望她再过几年找到。但自己瞎想有什么用，一个人的运来了还有什么可以阻挡的吗？饭店的“倒霉”运来了，就来了一把火，自己还受伤住院。张姐的桃花运说不定什么时候就来了。

餐馆门口闪现熟悉的身影，“卖花郎”走了进来，他一眼认出长申，就径直来到桌边，长申也认出了他。

“哈喽，老板，我天天经过你的饭店，天天祷告上帝，希望饭店早一些营业。”他对长申说完又非常彬彬有礼地对张姐说：“晚上好，麦达姆！”

这个人是每天来饭店卖花的，长申很随便地问他：“这个地区也归你管？生意不错吧？”

“不，老板，这是我兄弟的地盘，他前几天回塞尔维亚去了，我就多走一些路过来了，把这里生意也带一带。”

长申还从来没有给张姐送过花，今天这种情况可一举两得，既给她买花，又照顾了“卖花郎”生意。

“三枝玫瑰。”

“老板，20先令！”

长申在桌子上放了30先令。

“卖花郎”把钱收好，从一大捆花中拿出五枝玫瑰花放在张姐面前，他对长申弯一下腰说：“谢谢老板，晚上愉快！”说完迈开他的残疾腿，一高一低地向其他桌子走去，寻找买花的人。

张姐吃完猪排又开始讲彼特准备装修的打算。彼特准备把他第一个老婆的大儿子叫来，他是一个真正的维也纳木匠，最近正好有空余时间，再让他自己店里的小儿子和那个波兰员工全力配合大儿子，争取用两个星期左右的时间全部装修完毕，那个时候老板娘也差不多就回维也纳了。

听了彼特这个安排，长申觉得他是把自己的全部人马都用上了，这也是肥水不外流，人工的钱就不让别人赚了，除非特殊的设备费用。

长申问张姐是否还有兴趣来一份甜品，她笑笑，对自己的老板还有什么客气的，又要了一份“马洛尼”小蛋糕。

最后，她搀扶着长申回病房去。医院亮堂堂的走廊已经有些空旷，一股消毒水的淡淡气味在空气中飘浮，他和她靠得很近，慢慢地走着，五枝玫瑰花在绿旗袍映衬下，分外红艳耀眼，边上经过的人总要看她一眼，看这一对亚洲人，看那鲜艳的玫瑰花。

四

今天是长申住院十五天来最痛苦的一天，皮肤专家看到长申自身的新皮肤已经形成，就要来清除表皮上还残留着的老皮肤。

医生先用手术刀把老皮肤分割成一百多个小区块，然后再把这一百多块还牢牢地连接在新皮肤基础上的老皮肤，一块一块地剥割取下来，没有麻药，两个多小时才完成。

剥割老皮肤有些痛，他就把眼睛闭起来，去想那些愉快的事。想来想去也想不出什么，就去想饭店装修，想张姐帮着忙这做那，想着她如何与彼特相处合作……就这样七想八想，医生已经完成了他的全部工作。

中午吃烤鱼排，他食欲很大，护士又多给了他一份。长申和护士们关系很好，张姐带来的中国小糕点干果经常送给她们，周末还给她们买花。

下午睡了三个小时才醒来，喝了一杯水，想打电话问问张姐今天店里装修情况。

正在脑子里挑选用词的时候，病房门口出现了一个人，是彼特。

两个星期不见，他变了许多，看上去刚理了发，还吹了风，脸的两边腮帮干干净净。认识三年多来，还是第一次见他如此干净利索样，淡蓝色衬衣，红蓝色相间的领带，不见了那件穿了几个月不换的皱巴巴的“Sako”灰色简易西装，而是穿着做工很讲究的深蓝西装和配套裤子，宽宽的肩膀在西装中紧缩了许多，显得更精炼，看上去像刚在议会大厦开完会的国会议员。

他右手提了一个盒子，走进病房，对着长申说：“祝你早日康复！”

长申接过很重的盒子，彼特开口说：“这是六个大橙子，六又是表示顺顺利利，我讲得对吗？”他两眼温和地看着长申，希望长申听了很愉快。

长申有些奇怪，他怎么知道中国人探望病人时常送实惠的补充维生素C的水果，并利用数量谐音作为吉利语。

“完全正确，你们奥国人一般不会送水果给病人的。”

“主要还是以送鲜花为主，中国人还要加一个口福，奥国人没有。”

“是听张姐讲的吗？”

彼特略作停顿，笑着回答：“我的中国朋友中除了你们饭店的人，可能以后会多一些的。”他没有否定这些是从张姐那里知道的。

一日不见，如隔三秋。

彼特来探望长申穿得像去参加婚礼，还按中国人探望病人的习俗，口口声声以后中国朋友还会更多，让长申觉得与这个奥国朋友的距离更近了。

长申让他在床边椅子坐下，从床头柜拿出一罐啤酒，刚要拉开罐上的封口，彼特马上伸手阻止他说："我现在不喝酒，这里是医院。"

他一脸严肃的神情。在长申的印象中，在酒面前他从来没有这副样子过，都是几年的老朋友，装起像是一个教堂神父。

彼特知道店里装修进程和设备维修的大致情况，张姐是一点一滴也不漏，每天向长申汇报请示的，但总要讲一些使他感兴趣的事、高兴的事。

彼特想起了那个八火头炉台的事。

大火把炉台的八个炉头烧坏了四个，这是用煤气来加热炒菜的炉头。大火的第二天彼特打电话叫修理厂的工人来，因损坏太多又太旧，修理人员讲拉到他们厂里去修，当时彼特不在场，张姐就让修理工人把炉台拉走了。

三天前，修理厂寄来一张账单，48500 先令，张姐把账单给彼特，同时说，当时拉去修理厂时他们讲是检查，而没有讲要把全部零件都换掉。

知道这一情况后，彼特马上打电话。第二天修理厂来人解释，彼特指出三点：

1. 当时并没有要求全部换零件，我们想知道检查结果。

2. 修理费用已经接近买一台新的八火头炉台，按维也纳普通修理厂规，应该先给一个修理评估价格告诉修理方，而厂方没有。

3. 如果厂方执意坚持要按账单上付修理费，我们拒不接受这台炉头，通过商业法庭和保护消费者协会解决。

修理工来拉炉台的时候，只有张妞一个人在场，那个工人为了讨好修理厂老板，见一个中国女人不懂什么，专业机器的德语也讲不清，对炉台知识几乎为零，就向他的老板传达了一个错误信息，老板也就忽视了中间必须有一个修理价格通知的环节。彼特这么一个维也纳的商业内行代理饭店来交涉，修理厂方自知理亏，万一打起官司来必输无疑，就老实地把全部换了新零件的炉台送上门来，修理价格减去了一半。

彼特大肆渲染自己与修理厂据理力争后为饭店省下24000先令的钱。长申明白接下来他会提出一个装修工程劳务价格或者是按保险公司最后赔款分配比例。他必须要付给自己大儿子两个多星期的工资，还有那个波兰人的工资，自己小儿子也不分昼夜地在饭店里装修，当然也要支付劳务费用，还有彼特自己的劳务费用。他有装修工程时间与质量的压力，更主要的是他有支付给手下这些人钱的压力。可是他对从长申手中能得到多少钱，心中还没有一个大概的数。

护士送来了晚餐，一盘洋葱西红柿沙拉，两段奶酪香肠，一堆腌白菜，两片黑面包，一小包黄油和果酱。

彼特起身说要走了，长申马上推开菜盘说："我们去下面餐馆里吃晚饭，你就不要一个人回去再吃晚饭了。"他还有话要对彼特讲。

彼特说："我现在还要去看看今天厨房的地砖铺得如何，不行的话还要修补一下，明天全干了就不能修补了。"

他晚上还有工作要做，长申就不再强留他到下面餐馆吃饭了，反正以后有机会。

彼特与邻床老头打个招呼，就离开病房，消失在走廊远处。他这次来并没有与长申说起有关装修费用的事。

五

这一天是饭店失火后恢复营业的第七天。

还是在吧台边的三号餐桌，员工吃完中饭都走了，长申拿出两罐宗太太刚从上海带来的龙井茶叶，他叫张姐也坐下，一起等彼特来。

几分钟后，彼特推门进来，他穿着平时在商店里穿的工作衬衣，兴冲冲又有些随便的样子。见长申夫妇与张姐都坐在那里，以为在厨房或哪里又发生了什么问题，需要他处理。

“发生什么问题了吗？”他问。

饭店里里外外都经他这次重新装修，增添了高爽、宽大和流畅感，虽不豪华却更亮堂悦目。墙纸的图案很有时代新潮感，跟上了维也纳餐馆室内装修时尚风。厨房四壁全铺上了磁砖，许多设备也都换上了不锈钢的，不仅适应国家卫生的新标准，也让厨师们工作少了压抑感，增加了方便程度。他认为在装修上应该不会有任何的问题，故胸有成竹、轻松自如地笑着问大家。

长申说：“这是太太从上海带来的两罐绿茶，一罐给你，还有一罐给张姐。”

长申总要挑衅彼特的能力和见识，笑着问：“以前喝过绿茶吗？”

以开饭店的经验，长申知道奥国人喜欢喝花茶，很少有人喝绿茶。

彼特总是那副世界上一切事都做过、一切东西都尝过的表情。这个小小的绿茶他怎么没有喝过，他讲当然喝过，年轻时去美国纽约“中国城”里就喝过中国绿茶。他拿起罐子看了看上面的中文和拼音字母。

“会泡绿茶吗？”宗太太见他漫不经心的样子，好心提醒他，“这是在杭州带来的，是今年明前绿茶。”

“用热的水泡？”

彼特觉得在中国人面前讲怎样泡绿茶的事，还是少讲几句，心里确实没有底，年轻时在美国纽约“中国城”只是喝，根本没了解是怎么泡的。

“张姐，我们今天就喝绿茶，你做一遍给他看看。”长申觉得此时应该让他开开眼界，还要让他尝尝今年刚上市的龙井茶的味道。

拿来四个茶杯，一个大茶壶，一个空水缸，打开茶叶罐头的那一刻，新茶叶的清香从罐子里向外飘来。长申和太太总是习惯地拿过来放在鼻前闻一闻，彼特做了一个深呼吸，也闻了闻那泛着清香的茶叶。

张姐把茶叶放进茶壶，拿了一个大玻璃杯子去咖啡机那里盛了一大杯水，放在桌子上。

张姐今天是做茶师，她对彼特讲一百度的开水是不可以马上加进去的，一般是八十五度至九十度的开水。此时张姐又把每人的茶杯放到咖啡机上面去加热。如果在家里，可以用热开水冲热杯子。

彼特问：“与红茶不一样？”

过了三分钟，张姐把这热水冲进茶壶中。又过了两三分钟，把茶壶里的茶水倒入边上的水缸中。

彼特好奇地问：“为什么倒掉？”

张姐又去咖啡机上打了一大缸开水放在桌子上，她讲刚才这壶里的茶不能喝，这叫“洗茶”。彼特也在自言自语说第一次的茶要洗洗才能喝。又过了三四分钟，张姐把咖啡机上热的杯子放在每个人的面前后，才把刚才放了三分钟的开水倒进茶壶中，又过了三分钟，才在每个人的茶杯中倒入茶水。

看着张姐整个泡绿茶的过程，彼特觉得非常好奇，他拿起杯子马上要喝，张姐叫他再等上两分钟，太烫会失去真正的香味，要先用鼻子闻一下。

他没有办法，只能照她讲的做。彼特说，喝一杯真正的绿茶也真不简单，太麻烦了。他也学着长申，拿起茶杯，用鼻子在茶杯边上闻了几下。

当彼特把一杯茶水拿起来喝几口后，张姐又讲第口茶水不要马上咽下去，要在口中留一会儿，在口中含着，让茶水在嘴内四周慢慢流动，品一品茶味。

长申觉得彼特已经差不多看完了泡绿茶的基本过程，已经尝了今年上海带来的明前龙井，就讲今天还有第二件事，也就是收到了保险公司赔偿的钱款了。

长申拿出一个信封，掂一掂分量，放在了彼特面前。

“这是给你的，25 万先令，50 张 5000 先令。”

彼特没有把手伸过去，他看看长申，看看宗太太，又看看张姐，只见大家盯着他的手，气氛有些紧张。他特意做出等待已久的姿态，边伸手拿信封边说：“今天是好日子，有钱了。”

彼特把 50 张纸币从信封中取出，看一看厚度后又说：“太多了吧，应该是我们大家分的。”这显然已经超出了他的预期。

是25万先令，实实在在的钱就在面前，老板这个时候是不会开玩笑的，只是自己有一点小小的不理解。彼特的眼光暴露了他内心的闪念，口中讲出的话并非他的真心实意。

他转过头去特意地看了一看张姐，提醒长申不要忘记她的功劳。

他惊奇中带着从没有过的谦让和对这一沓钱的恭敬。

长申就是要听他讲这句话，然后说："保险公司总共理赔45万先令。"

彼特急迫地问："你把建筑材料费用和全部必要的开支都扣除了吗？"

宗太太笑一笑答："我已经全部算清了。"

宗太太把这最后底牌全翻开了，他马上会心地笑了。

把钱放进了信封，塞进裤袋，看看张姐，两人对视了一秒钟，他马上把杯中剩余的茶全部喝完。

"你们大家等我十分钟，我马上就回来。"他急匆匆离开桌子，出门去了。

他肯定还有什么事，就等他一会。三人继续泡茶喝茶，在杯中倒入第二泡。

长申问张姐：我看他这几个星期中样子有很大变化，干净整洁多了，上次来医院，还一本正经地穿着新西装、戴领带。

宗太太插话：“他这样认真吗？我从来没有见他穿西装戴领带，样子一定很神气。”

张姐并没有像宗太太一样惊奇，但也夸奖地讲，我也觉得他变化很大，这样看上去确实很舒服。

门响了，彼特手中抱着两大把鲜花，令大家惊讶的是他穿上了正规的西装。

他走到宗太太面前，把一大把鲜花送给宗太太，然后恭敬地说：“祝贺你们饭店大火后重新开张，生意兴隆，身体健康，幸福快乐！”宗太太连声回道：“也谢谢你！”他用脸贴了一下宗太太的脸，然后双手拥抱宗太太。

那另一把花，长申明白，一定是送给张姐的。装修这些天来，张姐奉自己叮嘱一定对他很照顾。一个老男人这点绅士风度还是有的，一把花没有多少钱，彰显他是饭店“老爷叔”地位。

此时彼特离开宗太太，挺一挺胸，抱着花走到张姐面前，双手捧给张姐，然后抱着张姐双肩，亲切地吻了她的脸。

他把手伸进西装袋中，拿出一个首饰盒，打开盖子，里面是一只钻石戒指。

他柔情蜜意地望着张姐惊喜的双眼说：“我爱你，嫁给我吧！”

张姐幸福地笑着，又一次看看彼特认真严肃的神情，把彼特送上来的钻戒，慢慢地套进右手无名指上，然后回吻了他。这时彼特的眼睛里已流出了幸福的眼泪。

张姐说：“我也爱你！跟我回上海去，见见我爸爸妈妈和家里人。”

长申和太太对眼前突然发生的一幕，露出了异常惊奇的表情，饭店的好员工和奥国好朋友要结成夫妻了，这在之前都不敢想象。

饭店好事连连，大运已经临头。

长申马上去拿了一瓶香槟酒。

“嘭”，久违了这个喜悦的声音。

每人倒上一杯，甜甜的香槟酒滋润着每个人的心，祝贺彼特向张姐求婚成功。

长申走到音响旁，看了一眼长长一溜的磁带盒，拿出齐豫唱的一盘《橄榄树》插进机器，耳边马上就传来歌声：

不要问我从哪里来，
我的故乡在远方。
为什么流浪，
流浪远方，流浪。
为了天空飞翔的小鸟，
为了山间轻流的小溪，
为了宽阔的草原，

流浪远方，流浪。

还有，还有，

为了梦中的橄榄树，橄榄树，

不要问我从哪里来，

我的故乡在远方。

为什么流浪，

为什么流浪远方，

为了我梦中的橄榄树。

不要问我从哪里来，

我的故乡在远方，

为什么流浪，

流浪远方，流浪……

十五年前只知道唱，现在终于明白我们在做。张姐找到了她的“橄榄树”，她已不再流浪。每天可以在温暖的家中等一个人……

宗太太激动得流下眼泪，好像是她的大喜事一样。宗太太对张姐说：“晚上不用上班，快去办理机票和买一些带回上海的东西吧。”

一次没有回程的旅行，总要和远方的人深深地结合起来，不是你自己，就是你的后代，或者是你后代的后代，这就是流浪远行的终极意义。

齐默尔曼翻译

二十世纪九十年代初，欧洲人学中文的很少，年岁大的更是凤毛麟角。但是宗长申在一家中餐馆做跑堂时，遇见一位学中文的维也纳老人，他是老板的朋友，同事称他“外国老头”，说他“很好玩”，即上海人说“老好白相咯”，他来饭店学中文，练口语和听力。

在大多数人眼中，学习是为了生活，为了赚钱。尤其是侨居海外的华人，看待事物较多采取比较功利的态度，因此就看不懂这个老头，认为他有点傻。

每次来饭店，他总是手拿一小扎四五枝鲜花和大小不同的巧克力，进门就向老板娘献花，用中文讲几句赞誉和祝福的话，然后把巧克力分给大家，口口声声“每天甜甜蜜蜜”。

他叫齐默尔曼，住在维也纳城外，已经是七十多岁的老人，高高的个子，日耳曼人的脸型，淡褐色的眼睛，温和慈祥的目光，脸上皮肤光滑，额头上的皱纹平时看不见，在他讲话时如水波流动，下巴留着一些银白色胡子。

空闲时，长申很愿意与他聊天讲话，两人就成了好朋友。

二

不久，长申也开餐馆了，老人闻讯找上门来。只见他送来一把非常漂亮的鲜花，又分巧克力给长申的儿子和员工们，大家都十分热烈地欢迎这位高个子外国老人的到来。

接下来他便用中文与大家交流，时不时还会夹上几句德语。听到饭店音响在播放《日瓦戈医生》的电影插曲，老头问长申："看过这个电影吗？"

"没有。"

"知道这本书吗？这是一部小说，在一九五八年获得诺贝尔文学奖，作者是苏联的诗人帕斯捷尔纳克。"

长申对《日瓦戈医生》这本书一无所知，出国后，他只关心与自己生存有关的事。

"我家里有《日瓦戈医生》德文版，前两年俄国刚刚为作者平反，才公开出版这本书，我又去买了俄文版，准备学俄语了。"

讲此话时，他的神态认真而坚定。七十几岁的老人，经常来学中文，又要学俄文。天生好学，是快乐的源泉。

在此后与他接触交谈中，长申了解了他的身世。

齐默尔曼住在郊外的克洛斯特新堡，蜿蜒曲折的蓝色多瑙河在小镇前流过，父母都是当地祖传的手工业户。一九三八年，他二十一岁，满怀理想参加了奥地利军队，属于维也纳步兵44师。在“二战”中奥地利有近一百三十万人直接或间接参加了战争，因此有二十五万人死亡。

一九四一年二月苏德战争爆发，他的部队改编成德国45步兵师上了前线，进入了苏联，六七月间转向进攻莫斯科。由于闪电战失灵，惨败而退，这是第三帝国第一次大败仗。齐默尔曼没有战死，也没有被冻死，他开始恐惧战争，悔恨自己参军，但一切已晚。

一九四二年七月，他又随德国第6集团军向苏联斯大林格勒进军，在城内的巷战中，他只知如何保命。一九四三年二月，德国第6集团军被全部消灭，总司令被俘，他也成了战俘，在被押向西伯利亚后方时，他成功逃离。

在靠近乌克兰的山林中，他被追兵的子弹打中手臂，大量出血，幸运的是遇到了一位好心的苏联农妇的帮助，隐藏在无人的乡村中，养好了伤。约半年，伤好后，妇人希望他留下，他恐怕战后被查，连累他人，还是打算回奥地利。在农妇家中，学了一些俄语口语，这让他在此后逃亡回国途中很派用处。一九四五年苏军打进维也纳城，这时他还没有回到维也纳，直到一九四五年底他才回到维也纳的家中。

而此时，他老婆带着儿子跟一个美国兵去了纽约，他就没有再婚。在林茨钢铁厂做工，直到一九八五年才退休。

齐默尔曼讲这个电影《日瓦戈医生》拍得很好，长申马上借来片子看了。一年之后回上海，他又去书店买了中文版的《日瓦戈医生》。

长申花了三个多月的时间才断断续续地读完这本书，有很多问题想与老头讨论，但平时已经很少能够见到他了。

二

开饭店四年后，长申面对中餐馆在维也纳的饱和形势，开始了送外卖的服务。当初全维也纳送外卖的也只有一两家，所以随着知晓的人越来越多，饭店营业额像火箭一样直线上升，出现了惊人局面。

正在长申已差不多将老头忘掉的时候，齐默尔曼又来了。

与以前不同，这一天他用双手捧了一把很大很大的鲜花，颜色精心搭配，贵气十足，这把花大约由五十枝鲜花组成，让人大大地吃惊："老头怎么了？"

饭店里吃饭的客人都露出赞赏眼光，老头又从包里拿出包装精致的三盒维也纳名牌巧克力放在吧台上，长申太太马上拿出大花瓶把花插上。

长申先开口："你结婚了？"自他老婆去美国之后，他一直单身到现在。

老头回答："比结婚还愉快的事。"此时他拿出一个圆铜牌，这种形状和颜色的铜牌长申见多了，每次卫生警察和刑事警察来饭店总会出示，"刚从维也纳翻译局拿到的：俄文国家翻译。"

一个饱经战争折磨、妻走儿别的老人，从"莫斯科大战""斯大林格勒大战"中逃出来的老兵，对人间喜乐已经无所谓了，现在却回到了返老还童状态。他几乎是手舞足蹈地拿着这个铜牌给每一个人看。

长申太太开玩笑地说："你为什么考俄文翻译，而不去考中文翻译呢？我们需要中文翻译的帮忙。"

他笑着回答："我会把这个故事讲出来的。"下面就是他的故事。

随着柏林墙的倒塌，一九九一年底的苏联解体了，齐默尔曼开始把积压在心头多年的愿望变成具体行动，他要回到苏联去看看那个救助过他的山区农家妇人，还有她们的孩子们，说不定也有他的孩子。但他知道一个奥地利人很难去刚解体的苏联旅行和探亲访友的。

原本对此生还能回到那里去完全没有希望，平时手上的钱都花在了隔壁邻居小孩子身上和帮助工厂的同事们，现在突然要用钱了却发现没什么积蓄。他第一个想法是先把父母留下的那一栋房子出售，另外用自己的房子做抵押，去银行贷一些钱来，等从俄罗斯回来再努力想办法把钱还给银行。

他开始学一些俄语，听莫斯科电台的广播，搜集地图，他主要想去的地方有两个，俄罗斯靠近乌克兰的地区和俄罗斯靠近波兰的地方。送上签证后，俄罗斯大使馆一直要他等消息。

他就加紧学习俄语，等待俄方回复，这一段时间他晚上经常梦见自己又行走在莫斯科、斯大林格勒，以及俄罗斯的山林中。

三

齐默尔曼在一个俄罗斯人聚集的咖啡馆找人练习口语时，得到了一个信息，近期从俄罗斯来的人逐渐增多，德俄翻译工作很需要，特别是有国家牌照的。

老头决定去维也纳大学上俄语课，争取在一两年时间里考出那个翻译牌照。决心已定，此辈人生虽无大的成就，只想再做成这一件事。特别是看了那本俄语版的《日瓦戈医生》，他对苏联人民产生了深深的同情心。

从维也纳大学外语学院俄语课程初级班开始，他经历了中级班、高级班、口译班和笔译班等进修课程。这两年时间里他很少外出，除了大学就是家里，有空还去俄国人的咖啡馆，在那里有些不需要牌照的翻译工作，他几乎是只收一些公交费和一份客饭的钱。

在学俄文的过程中，他对《日瓦戈医生》这本俄文版的书反复地阅读做笔记，在俄语班中学到的知识，也帮助了他对《日瓦戈医生》的理解与研究，他的俄文水平和对小说的研究水平达到了一定的高度。

两年后他报名参加翻译牌照考试，当时有十五个人报名，全都是一些中青年人，有在维也纳出生的，有专门读俄语的，也有从俄罗斯移民来又在维也纳读了七八年大学的，仅齐默尔曼是一个特例，他只有大学各类进修班的学历，显然不符合必须是大学本科毕业这一条件。

他再三与院方交涉和一次又一次地去政府发牌照的机构咨询，考试局同意他例外参加考试，但事先跟他讲，参加面试的考官都是维也纳最好的俄语教授，他们对应试者有很高的要求。

在十五个人笔试都通过的情况下，面试一天只能进行两位，每一位大约要面试两个小时。大多数考生在一个半小时就被结束了，因为考官们对水平不高的考生不愿再花时间考下去。

四位考官每人有分工，分别是政治经济、文学艺术、法律哲学、医学神学，每个考官都提两个问题，齐默尔曼的俄语回答使他们很满意，第一轮考试进行了四十五分钟。

第二个内容，主考官出一个题目，考生就这题目发挥演讲，须讲一个小时，这难度最大，许多考生很难把一个题目讲深讲透，并且讲满一个小时。

主考教授是维也纳大学的，从一九三八年开始学俄语，已有四十多年的教学经验。教授看到齐默尔曼与自己同龄，生活经历是先戎马生涯，后半辈做工，近两年参加大学短期班，他怜悯齐默尔曼，心中有许多不理解。老人应该好好地休息、享福，所以不想让他通过。

主考官说：“你自己找一个主题，讲些时间吧。”

齐默尔曼听后想一想，就认真地回答：我就俄国当代文学作品《日瓦戈医生》讲讲我的理解以及对小说的评价。

四位考官平时一般到这阶段，已经精力不集中。听上半个小时，随便提一个问题，能难住考生，就可以让这个考生结束了。

《日瓦戈医生》俄文版是一九八八年出版的，距现在只有六年左右时间，四位考官不一定每人都认真看过，更谈不上研究分析。

而齐默尔曼在一九五七年出版德语版时，就非常喜欢这本书，对人物情节、语言甚至作者的思想与经历都有研究。自学俄语看了俄语版后，对这本书的理解更深了。

主考官没想到他讲这本书，在俄语系中也不是每一位老师都能够讲好的，没开讲之前各位考官就有了一种敬佩。

老人讲述中，把故事中的人物、情节用诗一样的俄语串联起来，又把作者在小说中要向读者讲清楚的“历史观”作了深入全面的分析，这是全书的核心部分，也是得奖的主要原因。对作者在书后部分一些诗歌，也从语言艺术上谈了自己的看法。他声情并茂地朗读，并背诵了小说中的一些诗歌，让几位教授觉得这位没有读过俄语专业大学的考生是在发表自己的博士论文，而且是非常优秀。

齐默尔曼带有故事性的讲述，已经能够抓住这几位教授的注意力，他分析小说已经是有专业研究的水准，完全超出了仅仅俄语翻译的范围。有些问题是有争论性的，他也把各种观点阐述得井井有条，并且有他独到的个人观点。

这一个小时很快就过去，四位考官都忘记了时间。那位监考局的在此时猛然想起，必须给四位考官送咖啡了，平时在这个时间点，大多数都结束了。考官们在一个小时中已经忘记了自己的身份，忘记了应该拿一杯咖啡喝。

考官们想，这个没有读过大学的老人，花了这么大的精力把俄文学到这般地步，一定有特殊的动机。

主考官就向齐默尔曼问这个问题：你生活中不缺

钱，过惯了简朴生活，年龄已经到了该享福的时候了，那么为什么一定要考到这个俄语翻译牌照？

老人的回答非常谦恭。他说，对不起，各位考官和监考先生，在此只能简短地把我在一九三八年至一九四五年“二战”中的经历叙述一下。老人在讲完后补充说，从一九三八年至一九四一年，他是作为军人专门负责押送坦克，那是在奥地利中部城市圣瓦伦丁的坦克工厂生产的坦克，通过火车押运到慕尼黑。作为一个奥地利人，自己一直在忏悔参加德军把战争加害于苏联人民，我在他们面前是一个罪人。

见面前四位考官神情凝重，他从自己的座椅上站立起来，把西服袖子推到弯肘之处，卷起衬衣的袖管，一道又宽又红的大伤疤露在考官面前。

他继续说：“在逃亡中，受到追兵的枪击，子弹打中了我的手臂，流了很多血，是苏联山区的农民把我从树林中背回家中，我才活了下来。

“你们都知道在日瓦戈生活的那个时代，他的妻子离开他去法国巴黎，日瓦戈深深地爱自己祖国和土地，小说结尾他还是死在了苏联。

“我是一个曾经拿着枪去侵略他们的奥地利士兵，现在我要拿出我的所有力量去帮助那些来自苏联的移民们，我曾经想回到当时救我的苏联农民的家中去，帮他们改善生活，现在因为拿不到签证，我只能把自己的时间精力和金钱用在这些来奥地利新移民身上。只有这样我白天吃饭才有味，晚上睡觉前，手捂着胸口，可以对上帝说：我问心无愧，我可以安逸睡觉。

“这一切就是我看了《日瓦戈医生》后所获得的启示，作者从日瓦戈一生苦难的生活中提炼出来的情感，激励着我为那些新移民服务。”

老人放下衬衣袖管和西服袖管，从口袋中拿出一块手帕擦脸上的泪。

“非常对不起，”老人停顿了几秒，欠身弯腰，低下头说，“我的演讲完了。”

主考官对监考官员说：“我们的考试结束了。”监考官对齐默尔曼说道：“你可以走了。”

老人慢慢地站起来，再次弯腰，表示谢意和尊重，拿起桌子上的帽子，走出了房间。

考官们都同时情不自禁地鼓掌欢送。主考官没有鼓掌，因为手中拿着刚擦过眼睛的纸巾。

四

长申卖掉饭店后，经营“亚洲超市”。齐默尔曼去法院大楼做翻译，经常会顺道来小店。

小小的超市，账台上出现几枝鲜花，几块巧克力，小店成了他与长申夫妇见面的新地方。他走进来，不仅带来礼物，也带来欢笑。

商店顾客多的时候，他无声地站在角落边，客人走了，长申就请他坐在账台里唯一的椅子上，他是将近九十岁的老人了，还是会不断地用中德文询问生意如何，身体好吗，儿子现在学什么，有什么打算。一定要让儿子讲中文、学好中文，这是老人每次不忘的关照。

他学中文的认真态度与许多年前一样，长申开玩笑说："是不是还想去考一个中文翻译牌照？"

太太也在店里时，长申就把老人请到对面意大利饭店喝咖啡，吃比萨，不受打扰地与老人多聊一些时间，老人也总会谈起在"二战"中的往事与现在的翻译工作。

有一次长申问他为什么不再结婚，结婚后生活上两人可以相互照顾。他讲有一个女人，但不生活在一起，他完全可以照顾自己，结婚是为了帮助那个女人，其他的他不愿再多讲。长申也明白七八分，莫非他也在假结婚过程中？只是不知道假到什么程度。当然周围人真结婚，也不知道他们真到什么程度。要什么都搞清楚是不可能的。

每次与他分手，特别是最后几次，摸着他越来越瘦的大手，感觉少了很多的热量，不能用很多力气了，长申心中生出一份隐隐的担心，毕竟将近九十了，还夹着旧皮包，风雨中来来回回，奔走在各个国家机构之间。

二〇〇八年夏天，长申收到一份讣告，是齐默尔曼老人，两个月前他们还见过。

葬礼在 19 区山上墓地，长申和太太在上山去墓地的路上，见两旁停着许多豪华的小车。走近墓地的小礼堂时，听到了音乐声，那是《日瓦戈医生》电影插曲。

长申和太太放下手中的花圈之后，得到一把鲜花和几块巧克力，说是老人遗愿，女的送花，男的送巧克力。这天葬礼主办方特意准备了两百束鲜花和两百份巧克力，最后全部送出。主持人说，今天全部奏《日瓦戈医生》音乐，这是老人最后的愿望。在礼堂一角，七个人的小乐队，他们从开始到结束，一直在奏这音乐。一个九十岁的老人，对自己身后事的安排，也有些与众不同。

礼堂中放满了花圈，放不下的只能放在礼堂外面，许多来参加葬礼的人都相互彬彬有礼地交谈着。

有一个叫娜拉，三十几岁的俄罗斯女人站在留言本边上，她是齐默尔曼太太。

留言本上绝大多数写的是俄语，其他的是德语。

长申和太太中文留言："再也听不见你的声音，我们都懂你的一生，你做的一切。天堂不需要牌照，好好休息吧。"

盖棺前，在老人胸前放着一本《日瓦戈医生》和一块铜牌，边上是那本大家的留言本。

五

一个月后，长申在俄罗斯人咖啡馆得到齐默尔曼太太的电话号码，请她来小店对面的意大利饭店吃饭，想问她一些老人最后时间的情况。

在长申和太太面前出现的娜拉，很像电影《日瓦戈医生》中女演员“拉拉”的形象。因为是与齐默尔曼有关，三人心里都有一种不太一般的心情。娜拉想，老头的朋友中还有一家面相看上去和善的中国人。宗太太看着娜拉，被她认真的眼神所吸引。长申很自然地滋生“爷叔”的感觉。宗太太先与她抱一抱、贴一贴脸，长申也照样做一遍。太太要看店做生意，长申就带她到对面的意大利饭店。

面对面地坐着，印象最深就是她的蓝眼睛，不说话时就直盯着看你，想看出你的下一句话。第一次见到她，当时她头上顶着一条透明的黑纱巾，两边落下搭在肩上，遮住大半个脸和眼睛，看不清真正的形象，现在没有了黑纱巾的遮挡，透出了迷人的美。

下面是娜拉讲述的故事。

四年前，娜拉认识老人也是在俄罗斯人咖啡馆，他几乎免费为她翻译了全部学历证明，但最后还是不为大学所接受。眼看签证马上要过期，娜拉请求老头与她假结婚，先在维也纳住下来，她要借钱付假结婚的费用，老头阻止了她，表示不收钱，于是两人私下签了一份协议。

现在她已经享受国家给她的“寡妇金”，这是奥地利对死者家属的生活补贴。她想找一份工作。长申问她这四年来靠什么生活，她讲前两年在超市做理货员，后两年在饭店里做吧台和跑堂，同时在学护士课程，希望以后能在医院里做护士。

老头在公证处有一份前两年写的遗嘱，把父母留下的房产和一小块土地，以及自己留下的房产和全部财产，其中一半交给一个人，让他去找到自己在苏联时救他的农妇，分发给她或者她的后代，另一半交给另一个人，让其在维也纳建立一个俄语学校。娜拉同意明年去俄罗斯找那个帮助过老头的农妇，也同意以后在俄语学校做义务教师。

长申问娜拉，老人以前的个人家庭生活是不是知道，她睁大蓝眼睛机警地问长申：“为什么？”

他开玩笑地说：“只是为了和你多一些时间讲讲话，听你多说说所知道的老人。”娜拉马上显出俏媚的眼光，判断长申并无恶意和不良之心，她是一个机灵的人。齐默尔曼以前也对她讲起过这两个中国人，他们的饭店和商店，和老板讨论小说《日瓦戈医生》，她明白长申只是出于一个朋友的关心和了解，因为老头值得让人记住。

娜拉一直不停地讲着，引起了饭店那位“西西里”老板的注意，他特意地走过来，看了一眼她，笑嘻嘻地对长申说：“你又有了一位这么漂亮的女朋友。”

做了相互介绍之后，聊了几句，长申有意地讲了一句：“如果有员工的需求，她可以过来试试。”老板随意答了两句话后，也就离开去了。

在二十世纪九十年代中期的时候，也有一位从俄罗斯来的年轻妇女，还带了一个小孩。中介收了钱就找不到了，母女两人几乎流落街头。有人请老头想办法帮帮忙，老人见她带着孩子，非常怜悯她的处境，他不收一分钱就办了假结婚的手续，让母女两人住在家里几个月。后来她办好了工作签证，有了工作后才搬出去住。那天葬礼时她一家人也来了，她的丈夫是从俄罗斯来的医生，现在收入很好。老人的葬礼她拿出了十万欧元（尽管老人留下了足够葬礼开销的钱），还讲以后墓地有什么账单可以直接寄到她家里。

老头因为与这个女人的假结婚，还闹出了一件事。

在俄罗斯人中间，有人向警察局告老头“假结婚”，接受这个女人很多钱。

维也纳有关机构把他们两人同时传呼到两间不同的办公室里，其实他们两人已经有一段时间没有联系了。

女的胆小怕事，被问了许多问题，在办公室里就开始哭哭啼啼。

老头开始以为是自己翻译的事，当被问第一句话“你老婆昨天晚上的内裤是什么颜色”时，老头马上明白问话者的意思，回答说，如果你是个人想要问我这个问题，你应该先去问问你爷爷和你爸爸和你边上那位同事这个无聊问题。

两位问话的官员一听此话，脸由白转红。这里的外事机构的官员是整个政府机构中油水最大的，要想到这个局来工作，背后没有一些人推荐是没有门的。在面对这个八十多岁的老人时，他们也只能先压一压心头的火气。

老头说：“如果你是代表国家问我这个问题，我要先问问你，德国与奥地利在‘二战’中让俄罗斯人民造成了多少灾难？在战场上死了多少俄罗斯人民？我是一个‘二战’的老兵，为国家卖命，听国家指挥去杀戮俄罗斯人民，差一些死在俄罗斯。现在有几个俄罗斯女人想移民来奥地利，政府没有理由拒绝，应该为她们提供方便。所有外来移民中间，应该以赎罪的心态来对待苏联的移民，特别是妇女儿童。”

办公室很热，老头就开始把衬衣的袖扣解开，卷起了袖管，露出了他手上疤痕。两位官员明白了，这是一个在战场上受过伤的老兵，万万不可与他争辩。

“你们还没有问的问题，我可以回答你们，我没有为此而收一分钱，如果你们要以知道不知道女人的短裤颜色，来判断一个人与另一个人的婚姻是假的，你们已经超过了宪法和法律赋予你们的权利。你们没有资格坐在这里问我。”老头继续说。

老头从旧皮包里拿出一张名片放在了官员的面前。

两位问话者一看，名片上的名字是：彼得·齐默尔曼。他们知道这是维也纳赫赫有名的大律师，看名字好像是他的兄弟。

把自己兄弟的名片递上去，他知道维也纳没有一个国家机构愿意与他打官司。在老头生活最艰苦的时候，他一直坚持出钱让这位兄弟上大学读法律，这是老头第一次利用兄弟的名片。

见两位官员几乎讲不出什么，老头也就理也不理他们，拿起包，大摇大摆地走出了办公室，还不忘说一声“再见”。

这个故事在维也纳俄罗斯人圈内传得很久，也有许多人讲得很神奇，加油添醋的，甚至有人讲，两位官员跪求老头不要把这件事讲给他的律师兄弟听。

直到最后，长申才想起问：“老头是生什么病去世的?”

娜拉脸上马上显出沉思又不快的回忆神色。

两个月前，老头在咖啡馆，与一位新来的俄罗斯青年讲解房契条文，这种讲解，他从来不收费用，有时候一个晚上总有四五个人在那里排队等待他的解释。因为有些维也纳人利用契约设立“陷阱”，让新移民出更多的钱，老头很生气，所以经常给那些没有经济能力的新移民，解释结婚契约、租房合约、租店合约、用工的合约，等等。

老头明白自己不仅仅是文字语言的翻译，在法律知识上也必须了解一些，他就去自学与自我研究，他认为这样做对帮助那些新移民有好处。有些法律条文实在搞不清楚，他就去请教律师兄弟。

那天晚上，咖啡馆里有两位俄罗斯黑社会的人因分赃不匀而发生争吵，最后双方拔出手枪。齐默尔曼在不远，不幸被乱枪击中腹部。虽马上去医院取出了子弹，但回家一个星期后就死在了家中。

两个星期后，娜拉开始在对面这家意大利饭店上班了，她从那位“西西里”老板口中得知，若没有对面中国人的介绍，就是自己不拿工资给老板洗碗，老板也不会考虑的。

那天在对面吃饭的时候，娜拉问长申家是什么时候来奥地利的，当长申讲起自己只有一个儿子，娜拉闪一闪她的漂亮蓝眼睛，笑嘻嘻地说：那么我做你们的女儿。长申本来眼睛就又细又小，此时开心地笑起来，眼睛都看不见了。

她问长申：“‘爸爸’的中文怎么讲？”

长申就假装很认真地说：“爷老头子。”

卫生警察

维也纳是宗长申一九八七年漂流生涯的终点，他毫不犹豫地扎进饭店行业，自己要吃饭先必须做饭给别人吃。这也是华人海外谋生的规律，很少有人能逃离，就如宇宙之“黑洞”。

一个大城市出来的有点文化的人怎能忍受永远呆在这“黑洞”最下层，他想马上赚钱，这决定了他的“视野”与周围人差不多，把赚钱看得高于一切，而不是想“我适合赚哪种钱”。除饭店还有哪条路更适合自己？

有些人创业是本身强烈冲动，是生命基因决定的。当然此类人是极少数，大多数人创业，实在是无奈之举。

在一九九〇年最后一个月初，长申穿着二手货黑西装，站在自己的“黄浦饭店”里迎客送客。其实这时他没有资格向客人提供食品，也没有资格收客人的钱。笑嘻嘻迎客接客、伺候客人的一系列行为背后，难掩营业执照还未批下来的焦虑心情。时间拖得越长，罚款可能就越多。

长申买的那家奥地利饭店，已有五十年的历史，许多设备已经不符合新的经营条例，属于历史遗留问题。每当被新业主经营，政府部门就可能干涉，要求局部整改，或者全面整改，或者关门做彻底整改。但也不是千篇一律，法规是死的，人是活的，现实永远存在着多种可能性，给胆大一些的人留下机会。

饭店开张后的一个月时间里，生意非常火爆，长申的钱袋一下子鼓了起来。有了一点钱的人，胆子也会越来越大，这符合马克思关于资本和利润的理论。“营业执照”还没有下来的焦虑，时常被忙于生意的长申抛到脑后。

开张后一个半月的一天，饭店里来了三位中年男子，中间的那位胖一些，他走在前面，两眼笑眯眯地看着走上来与他们打招呼的宗长申。胖先生把右手伸进裤袋，掏出一块圆形小铜牌，长申第一次看到这种铜牌。铜牌正面的外圈全部是外文字母，中间有一个剑和盾牌，下面是红白红奥地利国旗图案。胖子在掏出铜牌又放回裤袋中，只有半秒钟时间，好像铜牌后面有一个弹簧，马上把铜牌拉了回去似的。这动作也传达出你们那些被检查的人没有资格多看一眼这铜牌。多年来的机智和头脑敏捷反应，长申马上联想到他们是国家权力机构有关人员，饭店还没有取得营业执照。

“来了，市场管理部门的卫生警察来了。”他用中文喊了起来。他的脸顿时闪出从未有过的热情和亢奋，又马上用德语对着三位客人说："来来来，三位先生里面请。"

三人坐下后，胖子警察讲明来意。宗太太把饭店卫生条件、食品卫生状况简单做了介绍，胖子和同事在听介绍时，听到宗太太一口标准的德语，马上增加了三分好感。他们就分别走进厨房，走向吧台和厕所间。检查厨房是重头，胖子走进厨房，宗太太马上跟在他后面。冰箱的温度，已经切好肉片的温度，盛调料的盒子清洁度，以及工作台砧板中间是否太凹陷、炉头边油垢是否太厚、抽风的滤油板上清洁状况、房屋的灯光照明，等等，这些都是胖子主要观察的方面。

另一位在吧台检查，主要检查玻璃杯和饮料冷藏柜及吧台器皿，还查看了餐厅的通风情况。另一位去了厕所，像狗一样用力嗅着可能产生异味的地方。

十五分钟后，三位卫生警察汇集在餐厅中，长申已经布置好了一个特别的餐桌，让他们入座。笑嘻嘻地说："我们就来一顿工作便餐。"

胖子叫汉斯，从皮包中拿出一张表格，上面有三十一项检查内容，他拿起笔来很快就在每一行上画通过的标志，对最后一项写了要整改，就是"黄浦饭店"的牌子，不应该挂在餐厅内，必须钉在门外的墙上。全部写完，最后他签名。

RHODOS. 2021

长申把自己饭店里最好的、客人最中意的那几个菜，全部端了上来：铁盘烤沙茶羊肉，中式铁板大葱牛排，精制上海香脆鸭，四川干煸牛肉，还有浦东香酥鸡，蒜姜广州烤大虾，怪味上海鸡片。

长申又拿出一瓶中国国酒茅台酒，胖子不知这是什么好酒。为了给他们助兴，宗太太特意在开瓶之前，讲了美国总统尼克松在中国第一次喝茅台酒的事，她大加发挥，讲当时中国周总理请尼克松喝的是产自一九三二年的茅台酒，当时中国仅存五瓶，酒味实在太醇美，尼克松一杯接一杯地喝，共喝掉三瓶，完全忘了自己的总统身份，最后是让中国服务员挽着走出宴会厅的。宗太太当时想，这帮奥国小卫生官员肯定不知道一九七二年发生的国际大事，具体细节只管发挥，添油加醋完全可以不负责任，只要让这三个人觉得这瓶酒与中国伟大事件有关，又有好笑故事，让他们在喝酒中增加国宾级崇高感和趣味性就行了。胖子警察带来的人就骂美国总统都是狗屎，骂美国人只懂喝可口可乐，一点酒的品位都没有。欧洲人就是这个德性，有机会就贬低美国人。

胖子汉斯大口地喝茅台酒，长申没想到他的酒量那么好，其他的两位见汉斯如此喜欢喝茅台酒，就不断地向他敬酒，连连称赞酒好。长申忍痛拿出自己最后一瓶，让他喝个痛快。知道胖子汉斯家有五个孩子，在给他们三人三个礼品包中，长申特地在胖子汉斯的包中放了五个信封，每个 500 先令。

过三天后，饭店正式收到政府部门颁发的营业执照，提前无证营业的罚款全部免除。从此以后，胖子每年来饭店两三次，不是来检查，只是来大吃大喝，带一些礼物回去，检查表格也没有看他填什么。吃完喝完后，他就问问饭店："有什么事情发生吗？"就像美国电影《教父》中的唐·柯里昂在走访自己手下意大利人的店铺一样。

长申"黄浦饭店"的第一个五年黄金期顺利过去了，还清了全部银行借款和私人借款，略有盈余，回上海给老母亲买了一套房子。

维城的卫生警察管理条例中有一个规定，管理人员五年必须调换地区。胖子离开之后，邻区的一位卫生警察临时代管。就在临时代管的第一个月内，一位客人投诉"黄浦饭店"，代管卫生警察来突击检查，没检查出问题，就把设备老旧的问题提上桌面，饭店被责令关门整改。五年前被胖子汉斯特意掩盖的事，被提了出来，长申只有执行，东拼西凑了一些钱，自己动手，尽可能简单省钱地搞了一些厨房整改。

这一次可不敢贸然开门营业了，门外贴一张"饭店装修"的纸条，而不是被政府部门责令整政的字条，这样对周围客人的影响小一些。等待，又是一个无可奈何的等待，政府机构的那把尚方宝剑，又一次地悬在了饭店头上。

与政府部门约定的某日上午，有一位卫生警察来到饭店。只见他光光的头顶，身穿一件黑色长皮夹克，戴着一副墨镜，像是维也纳夜总会刚下班的保安。宗太太心里不禁有些紧张。那人自称卫生警察，也没有出示那块圆铜牌，神秘、怪异、紧张一下子如一堵墙横在光头和长申他们之间。此人还在双耳各挂了两个小铜圈，脚上穿着如美国西部牛仔又长又尖的皮鞋，看上去很另类。

“哪里是厨房？”

但他说话声音是温和的，一听就觉得是一个善良人，只是看不清墨镜后面的眼睛是否像讲话那般友好。宗太太在前面带路，把他领进厨房，她开始讲三个星期做了哪一些方面的整改。光头挥挥手说：“我都知道，我会看的。”

说完，他摘下了那副墨镜，放进黑长皮夹克的口袋。

长申在边上看着这位卫生警察，心想饭店第一个卫生警察，笑眯眯地将礼物全收，该他办的一切都办好。今天这位一副凶神恶煞的“朋客”相的警察，看样子吃饭与小礼物是搪塞不过去的。

光头警察在厨房转了一圈，抬头看看那个旧屋顶，又用脚跟敲打几下地面旧磁砖，对长申夫妇点了一下头。

“菜和肉都进了吗？”

长生不明白他问这个干什么，也要检查吗？其实在仓库冰箱中进了一些，只是不敢放在厨房里。

“要等您检查以后才敢进。”长申抖抖索索地回答。

光头警察又问：“今天可以开门吗？”似乎他今天想在这里吃中饭。

“您认为我们通过了，就马上去进货。”长申回答。

“跟我来。”

他推开厨房的门，长申夫妇尾随他出了厨房，来到一个餐桌边上。光头从皮夹克大衣的袋中拿出一张纸放在桌子上，自己去摸口袋，找不到想要找的笔，长申眼明手快，马上把自己的笔递给他。他在那张纸下方的空白处写下“一切检查通过，今天可以营业”，然后就是签字，署上日期，写完字把笔扔在了那张纸上，好像他的工作全部完成了。

天上怎么会掉下馅饼？担心了三个星期的整改，他就查看了两分钟，用两行字结束了。

长申和太太开始一肚子的疑惑不解，现在更确定了，此人大概是骗子。宗太太拿起光头签字的纸，又重新仔细地看一遍，一点不错，纸上所敲的政府机构的公章明明白白。此时光头好像想起什么，就从黑皮夹克大衣内口袋中拿出那个圆铜牌说：“相信了吧！”他用对小孩讲话的口气。

长申又一次看到了黄铜牌，而且是拿在自己手中看，只见上面是刻着“内政部”的字样。长申马上去仓库，拿来一个很精致的礼品袋，特意抽出那个放着 2 万先令的信封交给他。他很明白中国人这个时候会做什么，有些好奇地用手指拨开礼品袋，看看里面什么东西，手掂一掂那个信封，便把那个信封还给宗太太。

难道他嫌太少？

“我在维也纳只是一个人生活，这些吃的东西不需要，信封也不需要。你们关门三个星期了，用这些钱去进一些货，用这个信封给中国的父母写写信。”他用不快不慢的语速和带有外省人的口音讲出这些话。

接着，他拿出一张名片说：“有什么事打电话给我。”说完，伸出手拍一下宗太太的肩，不等她想张口再讲什么，便将黑皮夹大衣内袋中的墨镜拿出戴上，转身就朝门外走去，只留下一脸惊愕的长申夫妇。

此后光头每年来一次，例行公事的拿一些永远不可能变质腐坏的东西去检查。他就这样袒护着长申的“黄浦饭店”。他不收任何礼物，好像任何礼物都会有损他的尊严。

五年时间又将临近，长申开始忧虑，不知接下来的卫生警察好不好打交道。

一天，光头把下任卫生警察带到饭店，他们两人像多年老朋友，相互讲话很随意，同时又带来一位长申饭店所属地区的交通队副队长，此人高大威武，但在光头面前一副很尊敬的样子。这时饭店已经开如做送外卖的生意，光头知道饭店经常有停车和交通的纠纷发生，他对交警副队长直言，可以帮他们的时候帮一把，中国人在奥地利生活不容易，他们都是一些好人。

这一次，光头和其他两位警察，好好地在饭店里吃了一顿饭。光头他不喝酒，一直喝中国的乌龙茶，连前餐都不要，吃一份简单的洋葱牛肉，陪着另两位。另两位是好胃口，每人两份前餐，一份半香酥鸭，一份半大葱烤羊排，一份炸香蕉作甜品，吃得不亦乐乎。吃完饭，宗太太和光头道别的时候，流下了眼泪，因为她一直不明白为什么光头对饭店这么照顾。光头似乎不愿意看宗太太满眼的泪水，连说我还在维也纳，我没有去天堂，他用手抹去宗太太的眼泪说："这样不漂亮了，这样不漂亮了。"随后摸出那副墨镜，戴好以后，和两位朋友潇洒地离开了饭店。

长申有一个习惯，与大家在一起讲南道北时，喜欢运用自己所掌握的信息来猜某些事的前因后果。他经常在理直气壮地讲一件事的起因时，朋友会揭穿他是靠自己的想象猜出来的。可这回，与光头打了五年交道，受到这么多照顾，他怎么也无法探索出其中的缘由。他想，我又不是他"爷叔"。莫非光头的前辈中有人受到过中国人的恩惠，他要回报中国人？

“黄浦饭店”第三任卫生警察罗伯特，他比光头略高一些，戴一副金丝边眼镜，消瘦的脸显得很文雅。后来知道他家世代都是维城的老市民，中产阶级，第一次世界大战后家道中落，他爷爷在第二次世界大战中死在攻打莫斯科的战场。饭店又像对待胖子警察那样给他送礼，请他家人来吃饭，他也不推托，该办的事，他全部办好，从来不找饭店的麻烦。此时长申送礼的方法和品种已经发生了变化，送一些奥地利维也纳的特产，这是他们当地人喜欢的东西。中国的那些特色高档礼品不实用，真丝的服装，他们没时间穿，穿了也伺候不了这种衣料。顶级的龙井茶不是他们的口味，好的咖啡和红茶足够了。后来几年茅台酒的价格很高了，在西方真正喜欢喝的人不多。长申问过一些客人，一瓶中国茅台酒和两瓶价格约 30 欧元的红酒，他们会选哪一个，客人讲大多数人会拿两瓶红酒。这就是文化不同，商品中的文化附加值也就不同。每年圣诞节，罗伯特一家人过来吃吃喝喝，又拿一大包东西走，饭店开心，他们也很开心，大家其乐融融。

一个中国家庭在国外开一家饭店，总会发生意外，饭店的大厨和城市垃圾车工人便发生了矛盾。

或许是特殊的工作性质，垃圾车工人在维也纳的地位相当的高，连交通警察也要对他们礼让三分。因为一件什么事，垃圾车工人在与饭店大厨发生争执后，垃圾车工人便利用自己也是国家公务员的便利，就要求管理卫生的官员严厉检查长申饭店的卫生情况，罚个几千欧元，打击一下这饭店员工的气焰。罗伯特在接到处理这件事的上司的口头通知后，觉得是一件很棘手的事，这些开垃圾车工人可不能得罪，他们都是与自己一样的公务员阶层。但饭店又是自己管辖的范围，光头警察的嘱托和大家几年来友好的交往，他不忍心对饭店做什么突然检查与罚款。

当然罗伯特也是一个聪明的人，他来到饭店对长申讲，你们应该用另外一种方法来做个道歉，这些垃圾车工人是不能得罪的，你们还要开饭店，还要做生意。现在我可以稍微轻一些处罚你们，但我以后走了，他们还会来跟你们打交道，还会让下一任卫生警察来处罚你们，这样你们就无路可走了。罗伯特告诉长申，请他们来吃一顿饭，当面向他们赔礼道歉，再送一些礼物给他们，我也向他们打一个招呼。长申当然很愿意这样做。

在一个周末的晚上，长申和罗伯特约好，请了负责这个地段的五个垃圾车工人吃饭。宗太太先向他们赔礼道歉，讲大厨是德语单词表述不准确，而造成大家的矛盾。事实上他们来吃饭这本身就是接受了饭店的道歉。

垃圾车工人对吃什么中国菜无所谓，他们只是对喝酒比较在意。他们不知道饭店的特色是香酥鸭和烤肉之类，饭店就让他们吃最喜欢的炸猪排，每人一大份猪排下去，又给他们一大份前餐春卷，再加每人一碗酸酸辣辣有番茄酱味的本店特色汤。

其实这些工人中有三人是南斯拉夫人，南联盟解体之后，移民到了奥地利。他们在老移民的介绍下做这么一份神气又收入高的工作，也是相当的得意，每天上午他们是“马路之王”，不把任何人放在眼里。讲起过去南斯拉夫和中国，铁托和毛泽东，他们认为一样伟大。他们吃饱喝足后，不仅接受了宗太太和长申的道歉，还接受了每人一份装有咖啡、红酒、巧克力之类的维也纳名特产礼物包。

他们心里非常明白，没有罗伯特出面拉和，饭店受到处罚，他们也仅仅是出了一口气，哪里还有吃有喝有礼品可拿。

从此，这些垃圾车工人就和饭店像老朋友一样，垃圾车经过店门口，看见店里的人，总要按一下喇叭打招呼。半路上遇见长申，车上总要按喇叭招呼，长申与他们招招手，做一个手握啤酒杯喝酒的样子。工人们每两个礼拜来一次饭店吃饭，长申总是不收他们的钱。

第三任卫生警察罗伯特为饭店解决了与垃圾车工人的矛盾之后，约过了一年，饭店又发生了一件意想不到的事情。

“黄浦饭店”用一位江苏人老曲给饭店做外送，他在骑摩托车送菜的路上违反了交通规则，警察随意地问他干什么去，这位江苏人这天见到警察有些语无伦次，就讲我去送菜，想穿过这个栏杆走近路。

长申的饭店送菜箱子是一个工具箱，送菜的人提着工具箱在马路上行走，或者骑着摩托车在大街小巷中穿行，街上的居民和行人，总把他们当作去修理水管之类的工人。这个警察原来也不准备想知道他去干什么，只是想对他进行一次罚款，江苏人老曲回答的样子，引起了警察的兴趣和警惕，他想：中国饭店怎么送菜？你这个饭店在哪里？你这个工人情况是什么样的？他想了解这些情况，就把这个老曲带到饭店里来。

饭店拿不出他的工作许可证，给警察无意中抓住一个黑工。

中国饭店用黑工的情况，本身已经受到了政府机构的严厉关注，现在长申饭店正好在这风口上，这样处罚会很厉害，再加上长申他们一家三人，正好在申请奥国国籍，这样一个处罚的存在，申请奥国国籍也就完全没有了可能性，以后再要申请会拖很长时间。

有三四天的时间里，饭店里的人都在一种惶惶不安的气氛中度过。人手不够，长申自己辛苦一点没关系，就是在担心会被罚到什么程度，有什么后遗症。

正在束手无策之际，长申想起上次光头警察走的时候带来的那位本区的交通队副队长。这件事虽是发生在邻区，但交警与交警之间或许有些关系。

长申打了一个电话给这位交警副队长，让他到饭店里来一次。自上次光头介绍认识以后，还没有跟他打过交道，也不知道他现在对自己的态度怎么样，光头的介绍是不是还能够起到作用。

交警副队长这天穿着警服、开着警车过来，饭店吃饭的几个客人都认识他，宗太太见讲话不方便，就把他叫到饭店后面的仓库。宗太太在把事情发生的时间、地点和当时情况介绍后，特意讲同事德语不好，当时是给一位朋友去送菜，并不是营业性的外送。交警副队长一听就明白是什么性质的情况，当即表示，如邻区警局交警队还没有把案子送到本区政府机构，他可以去邻区交警那里通融一下。

时间又过去一个星期，那天宗太太去超市买柠檬和牛奶，长申在厨房帮大厨备菜。这时饭店同事见有一人进门，头上满是绷带，戴着能大能小的线帽，把头上的白绷带遮住一半，右手也全包着绷带，用一白绷带子挂在胸前，

“老板在哪里？”

同事看到他这副样子，还以为是来白吃饭的，就说老板不在。他又问老板娘在吗，同事回答说老板娘也不在。同事想，这下这个人应该可以离开了吧，可此人还站在餐厅中间朝四周张望。正在这时，宗太太从外面

进门，刚好看到此人转身，见到这么一个高大个伤病员，宗太太菩萨心肠，马上脸上呈现出怜悯之情，让他坐下。

“老板娘，我是交警队的副队长，不认识了吧？看我这副样子。”

就在他讲话开口的那一刻，宗太太已经认出了他，这是等了一周的那位交警副队长。她一下惊呆了，一周前他来的时候，还是一个英俊威武穿警察制服的奥地利男人，今天变成这副样子了。他还很认真地伸出了他的左手，宗太太马上用两只手把它握住，宗太太这时眼泪已经止不住地刷刷流下来，口中念念有词：“为什么？为什么会这样？”

女人在此时会忘记天下的一切大事，宗太太也完全忘记自己和他交往是为了办一件大事，这是一件关系到巨额罚款和一家三人入奥籍的大事。

交警副队长是很清楚自己来干什么的，见到自己如此的模样让老板娘这么伤心和不安，马上说，自己只是工作上有些事，出了小车祸，干这一行是家常便饭的事。

他见宗太太情绪稍微好一些后又说：“你们的那件事已经完全过去，可以忘记了，我出了一点小事也会很快过去的，祝你们周末快乐！代向老板问好！”说完他就用那只左手，在宗太太的肩上拍一拍，弯下他那高大的个子亲一下宗太太，然后转身走出了饭店的大门。

没有过多久，全家三人得到了奥地利国籍，经营了十五年的饭店，长申夫妇也转让给了另外一位中国人。

在离开经营了十五年之久的饭店时，长申觉得自己非常的幸运，开店的十五年之间他认识了很多奥地利朋友，其中做警察的就有五六位。虽然各种人都有，但总体还是与人为善的，也正是这些人，让长申一步一步地走到今天。

名画的故事

一

玛格丽特老太太去世了，宗长申一家很悲伤。

三个星期前，老太在饭店里庆祝九十八岁生日，她儿子和女儿都来了，一共二十个人，坐满长长的一桌，庆贺场面好像就是昨天的事。

女儿卡罗特女士处理完妈妈后事，要把老太太的骨灰带去上海，埋在父亲的墓地边。

她离开维也纳的前一天，把母亲房子的钥匙交给长申太太，说母亲生前讲，如果你们不嫌弃她的旧家具杂物，全送给你们。她三个月后回来处理房产。

长申一家与玛格丽特老太在十年的交往中，待她如自己的长辈一样。另一个原因是一九三八年老太和丈夫为躲避纳粹政权的迫害，逃亡去了上海，一九四五年后才回维也纳生活。他们对中国人民，特别是上海来的华人，有着非同一般的情感。

开饭店的人，特别是长申一家，心灵深处总有一丝丝的“卑微感”，但是玛格丽特对长申一家从来没有表现出高人一等架势，反而是相当的亲热，这是因为在当年长申的父亲和老太在上海是邻居。

玛格丽特家与饭店在同一街上，相隔很近。饭店开张后，她来就餐几次，觉得饭店菜式很合自己口味，特别是长申太太待她如自己亲人一般，更使她感动和暖心。

在上海的生活虽然相隔五十多年了，她还能报出许多马路的名字，当时她住在虹口区的“狄斯威路”（今溧阳路），长申的父亲从浙江来到上海时，也是寄居住在“狄思威路”亲戚家。长申儿时经常去亲戚家里玩，他的回忆和老太的经历有很多契合，对那条路上的花园式别墅有着共同的情感。老太感慨地说，五十多年前在中国我们两家就是邻居，现在在维也纳又是一条街坊的邻居。

老太经常对长申讲，你们是从一个文明大国的大城市来到这里，为改变自己的命运，内心肯定非常委屈，先忍一忍，让孩子好好读书，以后情况会好些，这里人会另眼相看，我的祖辈也是外省人，来到此地也是如此熬过来的。

老太经常叫女儿来饭店陪她吃饭，关照儿子女儿和亲戚，尽可能晚上和周末把各类宴请安排到这里来。

有一次，她朋友带一批人来就餐后，准备付钱，老太使了一个眼色，做了一个小动作，朋友马上心领神会多给了小费，这让收钱的长申太太有些尴尬，在他们临走时，多送了几瓶乌梅酒。老太很有面子，朋友也有意外收获，大家都其乐融融。

人与人友好交往的历史，不仅会留下美好回忆，有时还会获得意想不到的结果，得到老太的全部旧家具杂物就是证明。

当时长申也在考虑在饭店边上买房的事，而饭店生意又是一年中最忙季节，拿到老太的房间钥匙后，也没时间去看，反正卡罗特女士三个月后才回维也纳，有的是时间。

一个多月后，长申买下了新房，此时他才有空去处理老太留下的旧家具杂物。

老太房子占了大楼中整个一层楼面，共有四个卧室和一个大客厅，还有一间餐厅。六个房间都留下了保存很好的橡木家具，满满几个玻璃橱柜里还有各种工艺品和捷克水晶玻璃用品，每个房间都有几幅大小不同的油画。

西方社会很多孤独老人生前都会在公证员那里立一份遗嘱。老人去世后，当贵重的东西都处理完之后，公证员会让一个“搬场清理公司”做最后清理。清理公司一般会给公证员一笔数目不小的好处费，至于清理公司能换来多少经济利益，只有天知道，常常有许多处理物

碧海兰天诗情美
青岛 26.9
2001

会在市中心的古董店和星期六跳蚤市场中出现。

长申把旧家具移到自己的空房里后，就开始打广告。要卖一个好价格，必须要有耐心，橡木老家具只有那些有钱又怀旧的人才肯出高价。他将除家具之外的杂物都包装好，堆在储藏室里，找机会再出手。有三幅自己很喜欢的画，他挂在了自己的新房间的墙上。

家具中有一个钟橱柜，长申准备留下自用。钟镶嵌在橱的中间凹陷部位，钟下方有两块小板门会自动打开，跳出一个布谷鸟，这是十九世纪德国黑森林布谷鸟钟厂的产品，显然是经过钟表匠的改进，把钟装在了这个橱的中间部位。时间也是设定每天上午 9:00，中午 12:00 和下午 3:00，晚上 6:00 和 9:00，到时门自动打开，跳出布谷鸟，叫三声又跳回去，门自动关上。

钟摆动锤隐在橱中间的面板里，两旁是由四扇玻璃门组成，底部是一个大而扁的抽屉，四个底脚形状优美，使整个橱有一种稳重感。卡罗特女士希望长申卖家具时最好把这个留下，因为有儿时的感情。

来看家具的人中，有两位坚持要把钟橱柜一起买走，这让长申有些为难。卡罗特女士说再等一年，再有人坚持，就一起卖掉。后来从蒂罗尔州因斯布鲁克来的一个德国人，因为自己家中已有一个布谷鸟钟，所以压了一些价，把这套家具用三辆大卡车运去了因斯布鲁克。

二

为处理家具以外的物品，长申请来旧货商估价。旧货商看到长申家中一大堆老太馈赠物，开门见山地说：估价是收费的，这些东西三个小时看不完，那些画今天也给不出价格，一共要付2000欧元工作费。费用比律师和公证处还高，长申瞪眼看了他足足半分钟，见他随时准备走人的样子，只能硬着头皮答应。

经过旧货商非常专业而又细致的鉴别，很多只是20欧元以下的物品，20欧元以上价格的东西共有十八堆。每堆之中价值在100欧元以上的东西，都标上了价格，他让长申拿本子记好。

当全部价格都记录在小本子上后，统计一下将近有一千六百件。旧货商对长申说："我标的都是底价，在底价之下有人讨价还价，你宁可扔掉也不可让价，不要因为是别人送的东西而乱卖。但也不要太贪，上升幅度在50%～100%左右。"

他讲了许多销售旧货的经验，如讨价还价的分寸，语言表达和面部表情，乃至肢体动作。他要长申讲准每一件物品的德语，其次是材质、年代等，要像是自己去买来的一样。

对于十四幅画，他每张画拍了五张照片，说三天后给一个正确的回答。

这些画中，长申最喜欢《我的母亲》那幅画。这幅画尺寸也是最大，有 58 厘米 ×40 厘米，画中老妇人坐在扶手椅上，在灯光下看报，淡蓝色圆桌台布上有台灯，蓝花瓷茶杯带底盘，一玻璃壶水，其身后的墙上挂着一幅画，灯光照亮老妇人大半个脸和果盘里的两个桃子，背景是暗色的，突出了明亮的桌面和老妇人认真看报的神情。其他十三幅都在 35 厘米 ×22 厘米上下，以风景和水果花卉为主。

三天后旧货商告诉长申，十三幅画都出自无名之辈，但考虑到都是有九十年左右的历史，可以卖一个年份价，底价都是 1000 欧元。那幅《我的母亲》虽然是复制品，但有艺术价值，真正的原画在布拉格的希拉丽艺术画廊，原画家是捷克十九世纪画家米克罗斯·阿莱斯。复制品价格在 5000 欧元左右。

旧货商说他的 2000 欧元鉴定费，拿两幅价值 1000 欧元的画即可。长申大喜，这样自己不必付现款，也彰显了十三幅画值这个价。旧货商挑了两幅，临走时再三关照，任何低于底价的交易千万别做。

这时长申也卖掉了饭店，在地铁出口的小街上开了一家“亚洲超市”。

超市开张已经有三个月了，周围有许多居民和办公室职员，与长申夫妇都很熟悉了。有一位老人在小店门口经过时，用上海话与长申打招呼：“侬好！”

从此以后，他每次见到长申，总会讲一句上海话，或一个单词，或要长申讲一句上海话给他听。

他是一个犹太老头，他讲自己在上海住了十年，当时还是儿童，一九四五年随父母来到维也纳。他每几天都要从小店外经过一次，如果长申一个人在忙，他会敲敲玻璃窗，打个招呼再离开，长申再忙也会在算账台上向他招招手，回敬他的问候。

每次看到他，与他讲一个上海话单词，就会看到他脸上的返老还童的神情。有好几次，长申想自己十年后、二十年后，或许也会与他一样，在维也纳专门去找一家上海人开的商店，要老板或老板娘，或他们的孩子开口讲一句上海话，然后自己像那犹太老头一样，机械地重复一遍他们的上海话。再过三十年，自己还有力气走到上海人开的商店去听一句“尚海画”(即“上海话”)吗?

这个犹太老头，还很关心长申的生意状况，他在暗地里观察长申的经营方式，时而会提出自己的想法。

第一次是在刚经营超市时，长申把中国工艺品、食品罐头和一些旧物品一起放在橱窗里，多而杂乱。犹太老头告诉长申，橱窗作用很大，主要是告诉顾客你经营什么东西，不同商品不要相混，否则顾客分不清你的经营范围。

第二次老头又给建议：你的一些老货价格较高，为了安全，为了提示观看的顾客，你必须在橱窗和店铺之间装一个带锁的玻璃门，既安全防盗又可使物品上升一个档次。

第三次老头知道店主害怕被市场管理所罚款，对一些旧货不敢明码标价，但也导致一些人不敢问津。老头建议在下班的时候，放上价格牌，并在晚上通宵开灯照着，第二天上班时全部拿掉，让市场管理所的人没有把柄。

这些建议可谓是金点子，长申一一照做，超市的生意确实上去了。

在经营超市后的某一年，长申夫妇去布拉格旅游，同时特地去了希拉丽艺术画廊，看《我的母亲》原画。长申比较后发现，原画中老母亲身后的背景要略微亮一些，其他毫无区别。由于女讲解员只会讲捷克语，所以也没有什么更多的了解。艺术画廊很大，这幅画只是挂在一个角落里。

二〇一〇年，长申陪上海的朋友游玩布拉格时，再次去了希拉丽艺术画廊。

游客来看这个画廊的不多，亚洲人更少，长申在寻找《我的母亲》这幅画时，一位年老的管理员走到长申面前用英文问："有什么可以帮助你吗？"

长申回答他："我想看看米克罗斯·阿莱斯《我的母亲》那幅画。"

管理老人稍作停顿后，认真严肃地望着长申，慢慢地说："这幅画暂时不在画廊里，你以前看到过吗？"

"是的，我几年前来看过。"长申莫名其妙讲了德文，管理员有些奇怪，就用德语问："你还会讲德语？"

"我住在维也纳。"

"你是收藏家，还是画家？"管理员似乎有些兴趣。

"我只是喜欢艺术绘画。"

长申没有正面回答管理员的问题，管理员也没多问，说了一声"谢谢"就离开了长申。

长申也没有再去看其他的画，离开了希拉丽画廊。

三

肖维克做私人侦探已有十年时间了。一个捷克男人，一米七五的身高，脸型介于德国男人和意大利男人之间，额头略显前突，这是与德国人的区别。嘴角有些上翘，比意大利人看上去不那么油腻，显得精神。

布拉格希拉丽艺术画廊寻找失窃的那幅《我的母亲》，肖维克承接了此案。他所获得的信息是，维也纳，一个亚洲人曾有兴趣。于是他开车来到了维也纳。

他多次来过维也纳看画展，这与他的大学美术专业有关。毕业转行做了侦探，他与维也纳纳秀旧物市场中的一些买卖艺术品旧货的人有联系和交往。

他们这一行是需要耳目的，每次来维也纳就是联系这些耳目。

画廊提供的信息实在太少，只是说那人是中国人，个子不高，戴眼镜。

星期六他在旧货摊位站了一天，没有看到有中国人来买画或来出售手中的画。

他又去了菜市场周围的一些中国货行，问了几位老板，想了解有没有中国人做旧货或者古董生意的，但依然一无所获。

肖维克搞到一本《奥地利华商企业黄页》，仔细研究后，几乎跑遍了全部华人的工艺品小店、服装店、中国货品批发零售公司，寻找那个戴眼镜的小个子男人，寻找任何与油画《我的母亲》有关的蛛丝马迹。维也纳此类店铺约有一百三十五家，他马不停蹄，开着那辆“斯科达”在维也纳搜寻线索，起码访了一百三十家店铺。

一个星期中，他忙忙碌碌地在华人商店、华人群中寻找那位看画者，该做的全做了。他怀疑此小个子“眼镜”是一个国际名画贩卖走私集团中的“小卒”，专为老板四处打探，会讲多国语言。既然查不到线索，他准备回布拉格。

这是他在维也纳的最后一个晚上，他没有开车，与一位朋友晚上吃饭后乘地铁回旅馆。出地铁口来到一条小街，此时已近十一点，商店已经全部关门，一家意大利的比萨店还在营业中，对面有商店灯还亮着。

橱窗看上去很大，但是店面很小。橱窗里面并没有什么中国商品，是一些奥地利旧物品，还有一幅油画，标价是1880欧元，货物都有不同的标价，有一牌子上写“买卖旧物”，边上还有一个玻璃橱窗，没有灯，里面全是中国工艺品。这引起了他极大的注意，决定明天上午来看一看。一幅油画要卖这个价，商店有些特别。

第二天，小店刚开门不久，肖维克走进来，一位中国女人在账台上工作，刚进门时他又看了玻璃橱窗，昨晚的灯光已经没有了，每样物品标价也没有了，收买旧物的牌子也没有了。他与女店主人打个招呼后，自己绕着货架看，看到的全是食品，还有一间相通店面，里面卖餐具用品。

肖维克问：“橱窗里的画可以看看吗？”

女人回答：“老板不在，你可以下午来。”

“还有其他画吗？”

答：“这也要问老板。”

这是一幅欧洲的油画，他有天生的敏感。一切只能等待老板，肖维克决定见了老板再离开。

“谢谢，我下午再来。”

肖维克很自然地走进对面的意大利比萨店，要了一杯咖啡加牛奶。送咖啡上来的是老板。

“谢谢！老板来自意大利哪里？”

“西西里来的，有什么事可以叫我。”老板就转身走进吧台。

肖在比萨店坐了两个小时，看见一个戴眼镜的个子不高的中国人走进对面小店，猜想大概是老板来了，便付了账走出比萨店。

长申刚在账台上坐下，看今天的地铁小报，肖维克就站在面前。他见长申的样子，一阵暗喜。

他用这几天在中国人那里学的中文说：“你好！”

长申很自然地用中文回答：“你好！”

肖维克指指玻璃门后的那幅欧洲油画说：“还有别的画吗？”

“你想看什么画？”

“捷克画家的画。”

平时随便进门来问画的不多，这个人还特别要捷克画家的，还是介绍他去市中心的旧物店看看。

“我们旧画不多，一区的古董店多一些。”长申一般是这样打发特别发问的人。

“米克罗斯·阿莱斯的《我的母亲》。”肖维克说完看着长申的眼睛，观察他的面部表情。

“米克罗斯·阿莱斯。”长申用很慢的语速重复了一遍，画家的名字好像很熟，哦！想起来了，就是自己家里的那幅复制品原画的作者。

他用认真和惊奇的眼光看看肖维克，心想他怎么会来我这个地方找这幅原画呢?

肖维克见长申正在揣摩自己的话的含义，觉得还是直问为好，便说：“上个月，你去布拉格希拉丽艺术画廊，看《我的母亲》这幅画，没看到是吗?”

哦，原来是这回事，自己是上个月去的艺术画廊。

“是的，我去过，没见到。”长申很自然地直接回答。

一个星期的努力，终于找到了人。

“为什么喜欢这幅画?”他问。

“因为我有一幅复制品。”

长申见店里有许多客人在挑选食品和工艺品，自己和这位不速之客在账台上讨论画的事，有些不合时宜，就让太太做生意，和肖维克一起去对面的意大利饭店喝咖啡。

长申请他去喝咖啡的目的很清楚，关于这幅原画的情况，可能对方知道，可以从他那里了解一些，万一他愿意出很高的价，买自己的仿制品，也是一件可以考虑的事，至少也了解一些行情。

肖维克把自己的名片给了长申，他的身份是布拉格一家艺术品咨询公司的老板，为希拉丽艺术画廊寻找失踪的画。

长申一点也不掩盖，讲述了得到此画的经过。

“可以看看你的那幅画吗? 也开开眼界。”肖维克问。

“当然可以。”长申回答。

于是约定晚上八点在自己家里见面。

四

让捷克人来家看画，长申感觉有点玄，便约了以前为饭店做外送的警察朋友本杰明。

晚上本杰明先到长申家，随后肖维克也到了，他穿着西装，带着一大把鲜花和一瓶酒。肖维克自然地和本杰明握手并把酒给长申。长申那现在是举重运动员的儿子也在边上，与肖维克握手时稍微用点力，肖维克拍拍他的肩，开玩笑说，你肯定是举重运动员。儿子爽快回答，我是奥地利国家队的。肖维克很得意，自己会看人。

长申太太把花插进花瓶，放在客厅的桌子上。

肖维克走到客厅中央，很仔细地看那幅画，长申把画取下来，肖维克马上就拿出白手套，看后确认是一件仿制品。

肖维克讲画中的那位老太可能是捷克犹太人，他们离开捷克时，把此原画卖给了捷克的收藏家，收藏家后来又捐赠给了希拉丽艺术画廊。仿制品中这幅属于好的。

肖维克接着又补充道：“你说送家具旧物的老太也

是犹太人，有可能与原画中的犹太老人有亲戚关系。”

长申太太拿了五个捷克水晶威士忌酒杯，一个倒威士忌酒的水晶酒瓶，四个男人开始喝酒。犹太老人送的捷克水晶威士忌玻璃杯，在家里还是第一次用。

女的不喝威士忌，给大家倒酒和加冰块，儿子说这个牌子的酒是上档次的，他也是说给肖维克听的，喝了客人送的酒，总要讲几句好话。不过，这酒确实不错，适合不经常喝酒的人，度数不高，香气很浓，又不刺鼻，口感适宜。

冰块在每人的杯中发出撞击杯壁的声音。

正当大家喝着酒，讲着酒和画，客厅的那个钟柜，发出了机械声，钟下两块木板开启，跳出一个布谷鸟，叫了三声“布谷，布谷，布谷”，又跳了回去。

长申太太笑着对大家说：“布谷鸟也闻到了好酒的香气，想出来喝一口！”引来四个男人的笑声。

肖维克一进入客厅，就觉得此钟柜与其他家具不相配，这里应该有故事。这是他的职业敏感。

“这个橱柜很有意思，布谷鸟钟一定是德国黑森林公司的产品，如果是十九世纪五十年代制造的，就会有一些价值。”他尽量发挥自己的专业特长。

“这是整套家具中唯一没有卖掉的，我们家里人都很喜欢。”长申很得意地说。

“家具是什么木材？”

“全部是橡木的。”

“我可以敲一敲，听听声音吗？”肖维克问。

“您是专家，等一会给一个估价。”长申有些开玩笑地说。

肖维克放下手中的酒杯，走到钟柜面前，看了看钟的顶部和钟面，在边上寻找公司标志和制作年代。

“上一次发条可以走多长时间？”肖维克问。

“一个星期。”

肖用手指敲敲钟柜面板，用耳朵听后说：“里面是钟的摆动锤和动力锤。”接着他又敲了一下接近地板的那大而扁的抽屉面板说：“这是一个抽屉。”

“是的，不过很扁，放不了什么东西，也不能全抽出来，里面做死的。”

“可以开吗？”

“可以。”

他拉出抽屉，可是不能全拉出，所以又很慢很平地把抽屉塞进去。

他问长申：“我可以看看橱背后吗？”

“可以，有什么秘密吗？”长申问。

“看看再说。”肖维克回答。

两人把钟橱柜移到空的地方，后部全看清楚了。

这个橱柜的木结构有些特别，他们拿出柜中全部物品后，就把它橱面朝地、橱背朝天放倒在地。

橱的底部比较厚，肖维克用手敲敲之后觉得这不是一块很厚的原木，最下部四个橱脚也是非常的短。

“在底板中间还有一个隔层，根据我的经验。”肖维克说。

讲到隔层，大家都不约而同有些神秘感。

“有什么稀奇呢？”长申太太问。

肖维克见大家都围上来，他稍作思索地说：“有些家庭会在特殊的情况下放一些重要的东西。”

确实从形状来看是有点不正常，这引起长申、本杰明和儿子的兴趣，宗太太问需要去拿什么工具来打开。

肖维克说：“两把大的平口螺丝刀。”

女主人拿来一把大的螺丝刀和一把凿木平口刀，肖维克对准橱柜后背处一条几乎看不见的缝使劲地朝里凿进去。

这条并不明显的缝在延长，油漆过的板面开始裂开。

厚厚的橱底部分已经分成了三层，长申马上拿来两个钩子螺丝，分别在两头旋进中间的木板里。

十只眼睛都盯着用力钩螺丝的手，本杰明拿着大螺丝刀在最外层敲击，就像鼓手用鼓敲打鼓面一样，以防板和板中间有什么粘连。

块板大约有四十五厘米宽九十五厘米长，长申用力向两边和两头摇动。

可能木板并不是很光滑，提拉出来的速度较慢，大家都屏住呼吸，盯着任何一面是否有油画颜料的色彩。提升有三厘米了，还是木材的本色。

还有一种可能是油画较小，镶嵌在中间的木材框中，还没有到露出来的时候。

觉得钩子螺丝有些松动，长申停止了提升，把螺丝再向木板的里面旋进去，这样吃力可以大一些，不会因重量而打滑。

继续提升，大家看到的还是原色的木板。提拉到一半时一下子拉了上来，大家很失望，因为看到的是缺下角的木板。

为什么会少一小块呢？眼睛朝夹缝里看去，暗暗的什么也看不清。

肖维克马上拿出口袋中的小手电，朝缝里一照，在木板缺口的那一角落里有一个用纸包着的物件，正好如木板缺口大小。他又费了一些功夫，把物件拨到中间，用螺丝刀和平口木凿终于把这一小片东西夹了出来。

这是一张一九三七年的报纸，包着一幅小油画，是一幅风景画，有乡村田野收割后的落日景象。

肖维克又戴上手套，仔细看了下面画家的签字。

“是捷克画家尤·马尔热克的画。”他想一想后又说：“他是十九世纪著名的风景画家。”

客厅里，每个人都把小油画捧在手中细细地看。

最激动的还是长申，因为自己手中的仿制品，引来了捷克探子，又在橱柜中发现这幅画，也是捷克画家的。

“是原画还是仿制品？”长申问。

肖维克讲此画家的画很多，自己真的不好说是真是假。假如这是真的话，是捷克美术史的幸运。肖维克的语气像捷克官方人士一样。

肖维克与长申热烈地握手，他作为一个在场者，见证了这一幅画的出现。

大家回到桌前，长申太太拿来了一瓶红酒，换去威士忌酒杯，又拿出五个捷克水晶红酒杯，大家为今天的发现开心举杯。碰杯的声音是那么悦耳和令人愉快，玻璃的品质决定声音，场景决定心情。

肖维克喝了一杯红酒后说：“今天本来要和大家一起好好地庆祝，因为明天上午在布拉格有约会，必须连夜回去，所以只能告辞了。如果有新的消息，我会马上与你们联系。”

门外响起了车子发动的声音，声音渐渐远去。

五

长申还是非常相信肖维克对那幅画的判断的。对突如其来的幸运，他有些无所适从。他在想：如果将这幅画出售，能到手多少钱？

长申知道维也纳有一批人在玩古董，有收藏者协会。

自己商店橱窗中的那些奥国旧货就是被几位有收藏兴趣的华人买去的，有一位北京人也时常来侃收藏古玩的事。

听了一些收藏的经历后，长申心中有些蠢蠢欲动，想着自己今后也可以在这方面一试身手，成为维也纳华人古玩收藏家。

长申就认识了收藏协会会长江维新，然后参加了他召集的一个聚会。

江会长开的超市名为“天上人间”，地点在距离维也纳大菜市场两条街的街角上。

一个星期天下午，长申来到江的“天上人间”，穿过商店拥挤的食品货堆和货架，走进商店的仓库区，再穿过两个房间后进入地下室，又从地下室朝上走进一片库房区，才来到聚会的房间。

这也是一间仓库，中间是半个乒乓桌，一个聚光的灯，照亮了桌子中间部分，边上人脸就不那么清晰，八个男人讲着地方口音的国语，在传看一块老式手表。

这些人都不认识，他们也没有热情认识刚来的人。他们的注意力都集中在那块老表上，有人在讲解这个表的来历和行情。

“新的朋友有没有带货来？”斜对面手上拿着烟、带有两广口音的小个子，摆出老资格问长申。

“哦，对不起，我第一次来，以后会带货的。”长申歉意地回答，他头脑中马上反应“货”指的是古玩艺术品。

“以后不带货来，就不要来了。只看人家的货，自己的货不给人家看。”小个子把“看”的发音讲得有些猥琐，引来陆陆续续的怪笑。能把别人引笑，小个子也很得意，把口中的一团烟朝灯罩吐去。

在此后的两个小时中，那些人分别从自己的口袋中、小包中拿出各种古玩艺术品，让大家鉴别和评讲。

当大家的货看完，江会长开始说自己最近开车去德国、立陶宛、白俄罗斯和波兰的“淘货”经历，又一件一件地把那些货拿出来，给大家欣赏和评价。长申发现会长每次只拿一件货出来，过目一件、评完一件就放回去，再拿第二件货，严谨而缜密，有些敬佩。

五时三十分左右，大家陆续地走了，江会长见长申没有急着要走的意思，认为他有什么神秘的货要给他看。

“宗老板有什么货不方便公开，我这里是完全秘密和安全的。”

“谢谢你，我有货一定先让您过目。”

“哦，你也是开超市的，生意怎么样？”江会长突然想起长申也是超市的老板。没等长申回答，他又接着说："我给你看一件货，不知你有没有兴趣。"

江会长带长申转了几个弯，来到另一间大仓库。

他有些自豪地带有回忆情调说：

"当初我想做文具生意，现在精力都在古玩上。这些货想处理，你有兴趣，一欧元一个画架，送一块画板。"

江会长拉长申去看东西，他有些受宠若惊，当看到这些画架画板，长申心里凉了一大截，这种货二十几年也没有听说过，华人不需要。

但一欧元一个，再送一块画板，是有吸引力的。长申从一个生意人眼光来看，价格并没有反映出物品价值，不过关键是市场。

江会长在维也纳是有点声望和地位的，今天这几个小时的接触下来，觉得此人也有些豪爽气派，不是上海人讲的那种"小瘪三"派头的人。一欧元，从义乌进货也不止这个价。

为了表示自己的诚心，长申拿了五十个画架去，只有 50 欧元，从情理上、生意上来说对双方都有利。老实讲，今晚若请江会长吃饭，也要花费七八十欧元。

当长申小车装满了五十个画架离开时，江会长站在门口自言自语：这个上海人"头子"很活络，门槛很精，拿出 50 欧元，人情有了，便宜货也"塌"到了。

六

画架拿回来，太太很不满，小超市没地方，还拿文具的货来，责怪长申心太软，去开会听听就可以了，认识几个人，不掂量自己能力，摆上海人的“臭派头”，不摸摸口袋里有几个铜板。

长申觉得货总要试一试，为快些出手卖掉，想定价每个 5.90 欧元。

宗太太说，不要意气用事，定价 9.90 欧元，卖掉五个全部成本就收回了。这货不是以奥国人为对象的，定价太低会被认为质量有问题。

在此后的几个星期中，很快地就售出了二十个画架，长申在了解了维也纳同类产品的价格后，决定改为 14.90 欧元一个。

两个月后，长申借了一辆大一些的车，带上现款，又来到江会长的超市，江会长对长申来到是有准备的，长申的生意情况他也听说了。

长申笑嘻嘻地先开口：“江老板，我再多拿一些画架，你是否再便宜一些？”

话音刚落，江老板也不问长申要拿多少个，一口回绝：“不，不，不，小老弟！上次是试卖的价格，既然你在店里卖到 14.90 欧元一个，我已经亏了很多。”江会长仗着自己年岁大，早来几年，又是一家大超市的老板，叫这个上海人小老弟，是压压他的威风。

长申的利润这么丰厚，又很畅销，这是瞒不了江老板的。

“4450个全部拿去，每个按0.90欧元，你看如何？”长申说。

江老板知道长申的需求，还是装出自己亏本很大，难以接受0.90欧元一个，就以义乌的价格为由不同意降价。

看江老板的神色，不但不会便宜，似乎还要再加一些。

此时两人都相互看着对方，心中掂量着对方，心里想：“我不让步情况会如何？”

两人如不会言语似的，只是摇头，互不相让。

“最近有什么古玩淘到吗？”还是江老板资格老，先转移一下话题，表现出“你急着要货，我不急着给你”。

“你有空可以来我小店看看，有一些奥国工艺品和两幅很普通的画。”

紧张对峙的空气暂时缓和了下来。江老板问长申喝点什么，啤酒或者可乐。

“一罐可乐。”长申知道，等一会要装货，开车不喝酒。

“听说你已经搜集了许多欧洲的古玩，想回到国内开一家古玩商店。”长申转守为攻，意思是我也掌握你要回国，想赶快出货这个情况。

长申来到店里，江会长一直在纠结提价还是不提价，现在底牌已被点出来。决定还是按照以前的定价，一欧元一个。

在装货时，江会长又把10个“中国屏风”让长申去试销，每个5欧元。如果有销路，库存还有3500个都给长申。

这次把“中国屏风”拿回来，太太 点也没有怪长申，她做了调查后，决定定价40欧元。两个星期后，长申又把余下的3500个屏风，从江老板处全部运了回来。

七

长申的业余时间比以前要忙许多，除了生意上的活动，还有侨界同乡会活动，现在又增加了与一群收藏者的交往。

江会长把仓库里多年积压下来的货全部处理完之后，把“天上人间”交给女儿打理，带着老婆去国内家乡城市——湘西凤凰古城经营古玩了。

江会长回国内之前，长申把他叫来家中，让他看了那幅捷克名画。此前，捷克艺术品专家在肖维克的陪同下也到长申家中看过此画。捷克方面认为这幅画是真品。

长申让江会长知道这幅画的目的，是让他有机会问问国内有关海外艺术品收藏家，是否有兴趣收购这幅捷克名画家的画，如果江会长介绍成功，会给予15%的提成。

这一年多来长申与江会长交往最多，江老板给长申的多年积压物品，让长申的经营有了转向，所以他又在小街上租了一个店面，专营文具、小家具与工艺品。宗太太一人经营超市，忙的时候，让儿子帮忙做几个小时。

半年后，江老板陪了一位国内某艺术博物馆筹备处的客人来维也纳看长申的这幅画，此人对这幅画很有兴趣。江老板又陪他去了布拉格的几个艺术馆，并和那位艺术探子肖维克见了面，了解了捷克十九世纪一些画家的艺术成就。

在了解了各方面的情况后，国内艺术博物馆决定购买此画，长申委托江老板代理，画的出售价格为240万人民币，先付80万定金。两个月后双方签订了一份协议，并在国内公证处公证。长申在国内的账号收到了钱后，马上就把画带回去。

八

出国已有二十多年，回上海也有很多次。这一次长申因为要带画回国，在装行李时颇费思量。原想在维也纳买一个名牌拉杆随身箱，又一想，名牌的小箱子，可能会引起别人动坏脑筋，就放弃了“露富”的想法，还是用上海买的那个最普通的蓝色小拉杆箱。他又去跳蚤市场买了两幅地摊油画，将自己的那幅名画混在一起打包入箱。

在买机票的时候，碰巧旅行社有一张廉价的头等舱，只要再加 400 欧元。这一辈子都没有坐过头等舱回上海去，长申想享受一次坐头等舱的感觉，但又一想，头等舱会不会目标太大，反而不安全，于是在旅行社里婉拒了廉价的头等舱机票。

飞机是中午 12:50 起飞。到了机场，接到临时通知，飞机起飞要推迟四小时。他没有吃早餐，想上了飞机，早餐和午餐一起吃，下午一点半的时候他实在饿得慌，便在机场超市里买一个羊角面包打发自己。

他没有托运行李，出奥地利海关没有麻烦，进上海海关也没有任何麻烦。

江老板原来讲好从湘西赶到上海来，陪他一起去深圳交货。长申下飞机打开微信，看到江老板不能来上海接他，一起在深圳碰头的信息，便直接去虹桥火车站购买去深圳的动车票。

从浦东机场“打的”去虹桥机场的费用大概是 230 元人民币，而坐地铁仅 10 元人民币，他选择了地铁。

他来到闹哄哄的虹桥火车站售票处，当时正是买票高峰时间，有十二个窗口在售票，每个窗口排着长长的队伍。

离售票窗口还有七八个人，总算可以清楚地看见售票员的脸。

这个时候，一个女人拖着孩子和大箱子，让长申给她插队，长申不同意，她转身离开，小孩摔倒在地。他扶小孩起来，女人对长申笑一笑说："谢谢你！"又叫小孩也谢谢长申。长申转回身拿住箱子继续排队，没有几分钟就买到了去深圳的卧铺票。

长申拖着自己的箱子进入卧铺房间时，只有他一个人，车子启动后，也是他一个人。他关上了门，把箱子塞进床下去，在床上躺了一会儿。

列车员进来把票子收去，夹在他的车票登记本上，临走的时候又随手关上了门。

房间只是他一个人，他把床下的箱子拿出来，要拿毛巾牙刷去洗漱。

当他拉开自己的箱子拉链时，箱子里的东西让他惊呆了，他的东西完全没有了，只是一些女人和孩子的旧衣服。

盖上箱盖一看，这箱子与自己的几乎完全相同，不仅同一个款式，也同一样的颜色，显然自己的箱子已经被人调包了。他马上叫了乘警，乘警问了情况，做了笔录，向上海车站汇报，建议他在嘉兴南下车返回上海去。

九

长申回到上海虹桥火车站警察所报案后，在家等了两个星期，都没有接到来电，去警察所，说查看了录像，在买票当时没有什么特别的情况。

彻底没有了希望，只能按照买卖合同上的条款，退还了对方定金 80 万元人民币，又赔偿了 80 万元。但双方约定，如找到那幅画，一切还是按原来买卖合同执行。

长申离开上海的那个早晨是寒冷的。

他上了去维也纳的飞机，他的座位在最后一排。

进了舱门，他一直朝最后走去，到第三十五排时，一男一女两个华人映入他的眼帘，男的正侧身对着窗边的一位女士殷勤地讲话，男士右侧面的头型长申觉得有些熟悉，但他也没有去多想，很快就走到最后一排，放好小箱子，坐下就合上眼皮。

吃了早餐，长申想好好地睡一觉，耳边却传来一男一女的国语声。长申的座椅后是厕所，有一小块空地，有些人饭后或者睡后会在那里站一会，轻松一下。这一男一女中国人大概也是吃了早餐后想消消食。

男的声音有些耳熟，尽管他讲话是对着一位中年女性，带着很有情感的语调，女的讲话很少，偶尔发出“嘿，嘿”的忸怩声，大概男的有亲热动作。

想刚才上飞机时找位子，看到的一个男子熟悉的侧面头型，现在闭眼又听到熟悉的声音，长申怎么能睡？在脑中拼凑这个人到底是认识朋友中的哪一位。

肯定不是上海朋友，也不是那些北方朋友，浙江朋友的国语有特点，此人是不是……咳，也不对。他又闭上了眼睛。

耳朵边依然不断传来熟悉的声音，折磨他的灵魂似的，突然在心中冒出一个名字：阿龙。

二十年前，在店里做了几个月的三厨，借饭店小房间开过“诊所”的龙贵山。

长申一下子已全没了睡意，华人朋友很多很多，在饭店里商店里做工的人也有很多，阿龙是有故事的人。

如果是他，那他身边的女性又是谁呢？在饭店时他的女朋友长申也见过，她没有那么甜美的声音。

上海人说：“蟹有蟹路，虾有虾路。”二十年不见，自己还是维也纳的小老板，没有变化，阿龙在事业上可能已经腾飞了。当时他就有强烈的出人头地的愿望，并付诸行动。懂一点皮肤小病的知识，手上有几瓶乡下祖母自制的药膏，就敢在维也纳华人中大打广告。

这个人现在就站在身后半米处和一位女士谈话。

看他与现在这个有气质的女人在交往，长申的心里浮上酸溜溜的味道，有些卑微的他没有与阿龙打招呼。

昏昏沉沉睡了一觉后，长申去底舱服务台拿饮料喝，只见一个华人和一位空姐并排靠坐在一起讲话，见长申进来，他抬起头，眼光正好与长申眼光相遇，他马上站起来说：

“老板，……还认识我吗？”

长申并没有显出特别的惊奇：

“你是阿龙，二十年不见，这么巧。”

见阿龙身穿名牌西装，他的自尊被深深地刺痛。长申推测，他现在是有身份的人了。在维也纳一直没有他的信息，肯定是在国内混，而且不一般。

空姐离开底部服务舱，去了中部服务区。长申和阿龙就坐在凳子上开始聊天。

阿龙很有分寸感和敬重之情，说先想听听长申在自己离开饭店后的一些情况。

长申简单讲述了自己在阿龙走后没多久，由于饭店外卖的生意越做越旺，又投资开了一家商店，随着外卖业务走下坡路，商店也不景气，就卖了饭店和商店，在一个地铁站出口的街上经营一家小超市，后来又投资了大商场里一家商店，正好碰上二〇〇八年的经济危机，又回到小店精心经营，收入才有所好转。

长申讲了五分钟，就开始听阿龙的故事。

阿龙的诊所搬离饭店后，在女朋友家为华人治疗皮肤病，逐渐在华人圈中有些小名气，经济收入也稳定。但外国邻居告发他无证行医，被罚得很重。

结婚后，他又找到了一处几乎没有外国邻居的住房，没想到在医治中与病人发生纠纷，又被告发，几乎丢了居住权。幸亏老婆是奥国国籍，他就跟着老婆去丈人开在靠意大利边境的饭店做工。行医的人怎么甘心在丈人的饭店里做厨师？做了一两年，他丢下老婆和孩子，一个人回国内做生意了。

与众不同的是，他在做生意的同时又上了成人大学，业余时间还读了不少书，尝试着写些东西。因为有在欧洲的生活经历，他写的东西颇受国内读者欢迎，有了些小名气，还加入了作家协会，这次就是陪同文联秘书长来欧洲考察。

长申了解了阿龙离开饭店后的经历，只是不明白人生路有很多条，为什么他会走上文学创作之路，那可是一条无利可图而又很艰难的路。

疑问提出来之后，阿龙的眼神突然发出从没见到过的那种光亮，他脱口而出："我有话要说。"

他说从小听父母说，读书后听老师说，进入社会后听有地位的人说，做生意后听有钱人说，读书读报是在听中外名人说。他们讲了之后，我也有话要说。自己不能老是做听者，就开始了文学写作。

阿龙和长申足足讲了一个多小时，从混做医生，到做生意，到读书，到怎么走上写作之路的，讲得特别刺激长申的神经，就像一个教主在训诫新入会的会员。

长申表面上向阿龙显出惊讶、佩服的神色，肚子里在想，小赤佬“大兴”开到老爷叔这里，大概再讲下去，就要做我的人生导师了。

阿龙觉得长申有一丝丝情绪的变化，他马上自觉地调换了话题说：“我太太是二月四日回到维也纳的，带着我的小女儿在那里住了两天后就去乡下他父母开的饭店帮忙了，等那位文联秘书长走了之后，我们在维也纳碰头再聊。”

十

两人都回到自己座位上。

“二月四日，阿龙太太和小女儿回维也纳。”

刚才阿龙随便讲了一句，长申马上联想到自己也是二月四日从维也纳出发去上海时发生自己的箱子被调包。

长申自己一直想不出，是在维也纳还是在上海被人调了包，从自己拿到的箱中有女人和小孩的衣物来看，并不是有人精心安排调包的结果，是不是存在着无意的拿错?

下飞机之前，阿龙匆匆地到长申座位处，两人加了微信。

三个星期过去，阿龙发微信给长申，想见见面喝咖啡聊聊。长申把商店地址发给了阿龙，让他先到小店对面意大利人饭店喝咖啡，自己下班后就过去，请他吃饭。

长申将店里的事情料理完毕，来到意大利饭店时，阿龙已经坐在里面了。

飞机上两人的情况都基本上相互了解了，饭间主要是阿龙讲陪那位女秘书长游欧洲的一些趣事。

阿龙说完了趣事，便问长申："你的橱窗里有一幅奥国人的小油画，是摆设还是出卖的？"阿龙用手指指对面长申小店的玻璃窗。

长申说："这是以前饭店的老客人，死了之后留下的旧画，我是根据遗嘱得到的。几乎都没有什么名气的画，一两千欧元一幅，现在没有剩下几幅了。"

"那么你是多少懂一些这些画的喽。"阿龙说。

长申笑道："我哪里有时间去搞懂这些画，这些画的定价都是一位犹太旧货商讲的，我按照他讲的价格出卖。"

阿龙不愿让这话题离开："对，对，你讲的有道理，没有人指点，标高了没有人要，定低了少赚钱。"

"我这里也有一些华人来出卖他们的画，几年来我也从一些专家那里学到一些识别画的知识。"长申也借机抬高自己的能力。

"老板真是虚心好学，一边开店一边学鉴画，以后一定会多多请教你。”

长申微微察觉出阿龙想说些什么，但又不便直截了当地问，于是对着意大利老板做了一个手势，说：“托马斯，拿酒来。”老板马上明白长申今天的客人非同一般，便拿来一瓶意大利的“托斯卡纳”红酒。

看到好酒，阿龙似乎有些控制不住，他几乎喝了大半瓶，离开时有些站立不稳，长申便送他回家，上楼梯时，长申几乎是抱扶着他上去的。

在这间位于维也纳很边远地区的老房子，是阿龙和他的太太租的，作为一个大家庭的中转休息和落脚处。

搀扶着阿龙进客厅，长申环顾了四周，只见靠窗是一个大三人沙发，面前一个小方茶几，上面全是一些旅游资料，进门右拐弯有一个不大的桌子和四把椅子，桌子上有饼干和一些熟泡面，左边是一个大衣柜和一个挂衣架。长申的眼光在大衣柜的顶上停止了移动，一个小拉杆箱和自己那个一模一样。

说不定里面就有自己的画。

我应该如何正确行动？长申关照自己，千万不要走错任何一步，否则这幅画就永远回不到自己手中了。

仔细一想，有三种方法：

第一，马上动手把那个箱子拿下来，打开，一切就明白了。但会产生两种可能，一是画在里面，二是这根本就不是自己的那个箱子，一场彻底的误会。

第二，把实情与阿龙讲明，要阿龙把这个箱子还给他，但必须冒着阿龙得知实情后不肯归还的风险。

第三，不动声色，等待明天再见面时看情况，采用神不知鬼不觉的方法让画回到自己身边。

长申最后决定采取第三种方法。

长申说要走了，明天早上还有事要办，要早一些去小店。阿龙马上说明天晚上我请客，还是你小店对面的意大利饭店，讲定了。

长申又看了一眼大橱上的那个小拉杆箱，高兴地走出了门。

十一

第二天，上午十一时左右，长申正在忙生意，阿龙来到小店，手里提着一个饱满的公文包。

在门口与长申打了一个招呼以后，他不声不响地在看着小店中的那些货物。

等到账台前面没有什么客人了，阿龙走到长申面前，很随意从皮包中拿出一幅画，长申一看，这就是自己在地摊上买来两幅画中的一幅。

一切都明白了，证实了昨天的判断。事情的走向正朝预想的方向发展，但不知他刚才早上做了什么事，长申以为阿龙早上直接是拿画过来的。

“老板，你对画有研究，看看这幅画怎么样。”阿龙说话口气有些随便，好像长申的鉴定并不重要。

阿龙脸上的表情如一个富家儿子，从老子收藏中偷出一幅画，想搞一些钱用用。

当初长申花了70欧元从地摊上买来两幅画，这一幅仅值25欧元。

长申当即回答说："你还是自己家里挂挂算了，没有一个旧货商人会收购的。你可以去维也纳任何一个艺术品收购店或者旧货地摊上试试，如果他们愿意出15个欧元收你这幅画，我就用50欧元买下来。"

阿龙想长申总会认真看一看这幅画，事实是长申一眼就把这幅画判了死刑，他脸上马上露出钦佩的神色。

尽管昨晚醉了，今天他一早就出门了，带了这幅画，走了维也纳一区一家高档的艺术品收购商店和开在小街上的一些艺术品收购店，没有一家店给他开价，店里的人几乎把他当傻子看，嘲笑这是路边捡来的画。

阿龙所以再来长申这里，是想看看长申的鉴定能力。

长申说："家里还有其他画，也可以拿来让我开开眼界，不过这一类的画就不要拿来了。明白我的意思吗？"此时是长申卖老资格了，他心中已经启动了他的"拿画行动"。

阿龙并没有开口回答，自己家里确实还有两幅画，是不是也属于这一类没有价值的呢？或者是有一点价值呢？

长申明白阿龙在想什么。好险啊，如果他早上拿了那幅真正的捷克画，让一区的高档收购店估价，店里人的火眼金睛一看是不识货的外国人，一两千欧元就可以拿下画了，而阿龙一定还会以为赚到了。

看来必须马上要行动了，长申头脑里马上产生这个愿望。

“阿龙，今天下午我儿子来代我看店，我有时间陪你走走。”

长申明白，从现在开始要盯住阿龙了，这涉及那幅捷克名画的命运，自己翻盘成功的关键时刻到了。

是我的东西，应该回到我的手里，天经地义。

一个早上走下来，阿龙有些灰头土脸，对家里三幅画的期望值大大地打了折扣，本来想或许可以在这两天空闲的时间里，把三幅画卖掉，到时候可以有千把欧元的收入。这三幅画，是老婆在维也纳机场超市里拿错了别人的箱子里发现的，看来真正值钱的画也不会这么放在箱子里。

“好的，下午我们两人一起去，家里还有两幅画也要估估看。”

阿龙见有长申陪他去，信心和热情也上来了，说我先回去一次，把画拿来，我们一起去找那些收购画的店，让他们看看。

决战时刻到了！

长申心中暗暗想，绝不能让阿龙离开一个人去家里取画，中间路途有太多的不确定性，现在要采用像打篮球比赛中那种全场紧逼盯人的打法了，万万马虎不得，上海人讲“眼睛一眨，老母鸡变鸭”的结局不能再重演了。

“阿龙，你一个人中饭还没有吃吧？我也没有吃，儿子几分钟到，我们去对面意大利饭店吃午餐，老板托马斯说他们今天中午的客饭有新鲜章鱼，我们一起吃，吃完后再陪你一起回家去拿画。”

阿龙没想到今天午饭也有了着落，所以一口答应下来。

长申叫阿龙先去对面饭店喝杯水，自己马上过来。

阿龙一离开，长申马上打电话给儿子，叫他放下手中的任何重要事情，向公司请个假，说自己父亲身体不太好，要马上赶到父亲的小店去帮帮忙。

儿子问：“什么情况？”

“没时间讲。”父亲就挂了电话。他从来没有听到父亲如此严厉的口气，觉得店里一定有大事，母亲在上海，父亲的德语很“搭僵”，大概是又碰到了区政府来检查和查账之类的大事，所以马上向公司请了假，赶来小店。

打完给儿子的电话，长申马上打电话给经营小公司的侄子，叫他也马上开车到小店路边等待自己的调配，说有重要事情要帮忙。长申的侄子来到奥地利，从来没有听到过爷叔这般着急和不可违抗的要求，知道有重要的事发生，马上关上公司门，开车到爷叔那里。

两个电话都打了，长申透过小店玻璃窗看到对面意大利饭店大玻璃窗后，阿龙已经坐在那里，老板托马斯上了一壶热茶，两个人在讲话。

至于怎样把画搞回到自己手中，他还没有具体的方案，让侄子在自己身边，两人办事就方便一些。最好是“软着陆”，不留痕迹，既让画物归原主，也不伤两人脸面。

几分钟后，儿子来到小店，侄儿也在小店边的小路上等待传令。长申马上告诉侄儿，当我和朋友从饭店出来，你要装作自己也是刚路过这里，下午也要去阿龙住处的那个方向办点事，就顺便把我们两个人开车带过去，等到我们两人把画从他家里拿下来，要乘公共汽车时，你再开车过来，说一点小事已经办好，可以把我们两人顺便带到市中心去。到市中心把我们放下后停好车子，在我们后面五米处跟着走，看我的手势或听我的电话行动，反正只有两句话“头子要活络一点，手势要清爽一点”，目的就是要把他包里的东西拿来。

交代完毕，长申匆匆地走进对面饭店。

虽然是说吃便饭，长申还是点了不少好菜，要让阿龙吃饱喝好。老板还是拿来昨晚的酒，长申推说，等一会自己要开车，便一口酒也没有碰，阿龙一个人一瓶酒喝得很爽。

走出饭店，长申刚要开自己车的车门，侄子上来寒暄了几句，讲自己正好要去阿龙住处那里办事，两人就上了侄子的车。

车到了阿龙家，侄子开车走了。他们出门，又见到侄子，这么巧合的事，阿龙因为中午酒喝多了，也没去想。

车子到了市中心最热闹的地段，侄子放下他们两个人后就把车停在了国家歌剧院边上的地下车库里。

国家歌剧院前有一个很大的地铁中转枢纽，地铁站前商店也很多，长申有意陪着阿龙转了几家工艺品商店。

注意到侄子已经在远处跟上了，长申就带着阿龙朝地下铁的八号线走去，说是前面一站有一个不错的古玩收购店。这条线的这个站一直是比较拥挤的，他知道人多才有机会下手。

阿龙还是拿着上午的那个皮包，两幅画放在里面，用普通的报纸包着，皮包夹在腋下。

来到地铁站台上，车还有半分钟进站，等车的人特别多，全是一些学生和旅游者。

听到了远处地铁开来的隆隆响声，长申悄悄地对阿龙讲，我们两人都抓着包，这里很挤，这样保险一点。长申就把手也搭在阿龙的包上。

阿龙说："对，两个人抓住就保险一些了。"长申把阿龙推在前面。

地铁已经开到了他们的面前，一大堆人就开始朝前涌动，长申把另一只空着的手朝空中伸了一下，三米远的地方，侄子也把一只手朝空中伸一下，长申想"小赤佬"今天还是拎得清，晓得了我的方位。

地铁的门开了，里面蹦出来几个人，外面的人主动让出了一条很小很小的路，当最后一个人走到站台上后，等着上车的人就一拥而上，拼命朝车门里挤，长申的手也开始用力去拉扯那个皮包，阿龙以为是拥挤的人造成的。

阿龙觉得自己抓不住包了，大声说："老板，抓住包。"

长申也叫了一声："阿龙，你要抓住包。"

他趁势把阿龙挤进车门，手拉下阿龙的皮包，让边上的人把自己和阿龙隔开，自己拿着包，朝贴在背后的侄子的手里一塞。侄子抓住包，反向地挤了出去。

当长申手中的包被接走后，特意地再向阿龙方向喊了一声："阿龙，当心包。"自己也用力挤进了地铁车厢。

终于物归原主了。长申带着画又去了深圳。一个人可能会犯错误，但是同样的错误对长申来说已经不会再犯了。

邻居鲍比

晚上七点多，最后一个客人匆匆地走出了店门。

时间到点，客人走完，长申关闭了所有的灯，神情恍惚地慢慢坐了下来，他想让自己清静几分钟。

他觉得小店从来都没有像此时那么安静过，十几年来，从来没有过。黑暗的四周，空气也似乎凝固了。他终于可以安静地想一个问题：隔壁邻居电信手机店的鲍比死了。

这是上午对面比萨店跑堂“光头”捷米讲给他听的一个消息。捷米是长申的好朋友，每天两人之间除了一般礼节性问候外，还有一些简短的交谈与天南海北的聊天。最近一年，他们有关手机店的话题特别多，大多是调侃，两人对手机店的调侃像有某种生活乐趣似的，或许这是穷人的穷开心吧。当然长申和捷米是无恶意的。

长申的“亚洲超市”坐落在商业小街中段，对面是意大利比萨店。在经常去喝酒的客人中有一个人叫鲍比，二十几岁，维也纳人，光洁的脸时常显出健康的红晕，大多数时间是坐在饭店门外的桌上与朋友一起喝酒。

长申当然没有时间去和他聊天，也不知道他的职业，什么都不知道，他的名字鲍比也是听别人这样称呼他才知道的。

不知道过了多少时间，鲍比开始在比萨店做跑堂了。安排客人坐下，询问需要，上酒水送食品，抽出跑堂皮夹子，找零给客人，他每一个动作都那么娴熟和潇洒。他只做了一星期，中国饭店十年老跑堂都无法与他相比。鲍比与长申交往开始频繁起来，比如说换一些硬币，自从使用欧元后，饭店的硬币总是不够用，而小商店的硬币总是有许多剩余，双方自行解决，都不必去银行兑换了。当然还有一些其他邻里之间的事相互帮忙，所以两人也慢慢地熟悉了起来。

鲍比在比萨店做了半年时间的跑堂，突然又不做了。到马路对面的一家手机连锁商店里上班了，但还是会经常来喝一杯。又过了几年，他又被小街上的一家土耳其人经营的手机店请去做经理，店里就他一个人。

因为营业状况并不理想，鲍比一个人在里面也闲得慌，经常可以看到他独自一人站在手机店门口。

比萨店的露天桌椅上有老朋友在那里喝酒，鲍比也会过去打个招呼，也会情不自禁地坐下来喝一杯。

在长申的超市，几乎每天都有一些人来买罐头啤酒。近几年来，有两位客人几乎是每天必定会来买几

罐啤酒。一位是在区政府边上一小饭店的跑堂，地道的奥地利人，能说会道，脑子转得很快，随口就是一句引人发笑的话。另一位是住在地铁站左侧开垃圾车的南斯拉夫人。一般在下午四五点钟的时候，他们都会来买啤酒。

最近一年，长申发现这两个专门来买啤酒的客人，每人每天都要来买两三次，甚至四五次。追问之下，原来是他们将买的啤酒带到手机店，和鲍比一起喝，他们请鲍比喝啤酒，鲍比向他们提供场地。

还有就是鲍比的“侃”的功夫，他天南海北什么都知道，吸引了一些要喝啤酒又喜欢听人说点什么的人。这样下午五点钟以后，隔壁邻居鲍比的手机店成了真正的啤酒屋，直至晚上七八点钟。

对长申来说，每个月的啤酒销量就开始有所增长，在鲍比临死前的半年，几乎可以说是疯狂增长，因为鲍比原来在比萨店的朋友也会来买几罐啤酒去手机店聊天，这就是“光头”跑堂捷米一直在长申面前对鲍比冷言冷语的原因。长申原来相对平稳的生意，因为隔壁手机啤酒屋的出现，有了很大的增长。到年底结账，长申发现，他和太太回上海的机票钱，就是卖啤酒赚到的。

长申也有一个小小的发现，鲍比白色的脸开始呈酱红，肚子与他的个头也很不相配，心里不由升起一个不祥的疑问：鲍比是否有些酒精中毒了？

一个下雨的黄昏，长申把店外的物品全部搬进小店后，正准备关门回家，鲍比推门进来。他已经不能用一只手推开店门了，实在令人匪夷所思。他的头上全部是雨水，脸上暗红色的小疙瘩混合着雨水滴，显得更加凹凸不平。

“要八罐啤酒。”随着含混不清的声音，一把分币摊放桌上。

“要八罐啤酒？”长申有些听不清，又问了一遍。

“八罐啤酒。”回答还是含糊不清，但长申明白了，从冰箱里取出啤酒放在塑料袋中。

“鲍比，你这些天怎么了？脸上看上去很不正常哦，应该去找医生检查，不要喝太多的啤酒了。”最后这句长申的声音并不坚定。

鲍比双眼看上去已经有些混浊，无精打采，直勾勾地盯着桌子上那八罐啤酒的塑料袋。

“没有什么大问题，只是不想吃任何东西，已经去找过医生了，医生说还要看看情况。”鲍比心不在焉地回答。

“你不想吃东西，只想每天喝酒？”长申问他。

“是的，只想喝酒，其他的都不想吃，一点胃口都没有。”

鲍比用眼神示意长申数一下桌子上的硬币，长申还只是在察看他的脸色，心想应该好好地劝劝他，劝他去找医生彻底检查一下身体健康状况。这个样子太吓人了。

“去大医院看看吧。”这是长申能提供的唯一方案。

鲍比没有回答，用双手吃力地拎起那个袋子，推开店门，沿着路边的玻璃橱窗，缓缓地移动过去，走向他的小店。望着他的背影，长申深深地叹了一口气：“真的是不要命也要酒呵！”

第二天早上四点，鲍比发现自己不行了，便自己在店里叫救护车，七点多就死在医院里了。

长申出国这么些年，中国朋友和外国朋友或者是邻居，有时候也会传来离世的消息，也参加过不少葬礼活动，可这次鲍比的死让长申沉闷了不少日子。一个朝夕相处的邻居朋友在七八年前第一次见到他时，还是一个活蹦乱跳、年轻英俊、侃侃而谈的青年人，前一天还和自己有一番对话，怎么就永远见不到他了呢？

长申移动自己的目光，把整个黑暗的商店巡视了一遍，好像在寻找什么，但是最后还是呆坐在自己的位置上。

这是怎么一回事呢？

自己逼问自己，意大利人讲他喝得太多，这不就是长申卖给他们太多了吗？是的，一年多来每月的啤酒销量与前几年相比确实是增长了很多。每卖给他们一罐啤酒，就可以稳赚一欧元，以每天平均到手机店聊天的人来买十五至二十罐计算，每月光从他们身上就多赚了将近 500 欧元。鲍比的死虽然与自己没有关系，可自己也是希望他把冰箱中的啤酒全部买去的。

现在无论怎么自责，都已经无法改变了。

窗外的路灯透进来微微亮光，长申就像一具雕塑一样默默地坐在那里。

克罗地亚姑娘

一

宗长申的商店门口，玻璃橱窗前，每天都会搭一个货架平台，展示工艺品和中国特色的瓷盘瓷碗。二〇〇八年八月八日，货架平台完全变了样，都是从中国大使馆拿来的北京奥运会宣传资料。在货架平台的两边挂着奥地利国旗和中国国旗。

这一商业小街，是地铁站的出口通道，全长约九十米。从彼得大街走进商业街，行人们会惊奇地发现，今天“亚洲超市”门口的货架上有一面中国国旗。

鲜艳的红色特别引人注目，绝大多数行人，没有这么近距离地看到中国国旗，看清中国国旗的图案。行人们并不明白国旗图案的含义，但一定会认为今天中国人一定有大事。他们知道这商店是中国人经营的，老板来自中国的国际大都市——上海。

商店对面的维也纳小酒馆大屏幕的电视机正在转播二〇〇八年北京奥运会开幕式实况，长申和太太坐在里面观看。长申边看实况转播，偶尔也回过头去看看对面自己的小店，如果塔琪安娜不能对付小店的生意，长申会马上走出去帮忙。

塔琪安娜今天有点忙，并不是买商品的人特别多，而是有不少人在货架平台上拿了北京奥运会宣传材料后，会走进店内来向她询问有关资料上的内容。

长申和太太今天坐在小酒馆里像个金主，不仅请每一个跑堂、厨师喝一杯，并给每人 10 欧元的小费。

今天是中国人的节日，当奥运会开幕式上，升国旗、奏国歌的时候，长申和太太情不自禁地从座位站立起来，任眼泪从眼眶里淌出来，跑堂和边上的观看者也深受感动，为中国队出场鼓掌。长申在以后每次想起在小酒馆和太太一起看北京奥运会开幕式时，总会讲当时自己应该买一个大电视机放在商店门口，让更多行人一起观看。他很后悔当时没这样做。

只要没有人进商店去，塔琪安娜就来到外面，在货架平台前面向过路的行人分发北京奥运会宣传资料。

塔琪安娜身高一米七九，今天又特意穿了一件新做的欧式旗袍裙，样式已经过裁缝师的改良，欧洲晚礼服式开放领口，无袖短肩，非常时尚的青花瓷颜色和图案。

特别是她特意地找了一块鲜红的真丝手绢，插在旗袍裙的右角上，走动时像一只红蝴蝶在她右肩上飞舞。

文斌

有许多行人还拿出手机，对她拍照，小店门前就成了她的走秀平台。她也很自然地对着大家发材料、摆pose。

长申当时只顾看电视了，没有把她和周围的一切拍一段视频下来。后长申对她讲，没有给你留下照片，是我的责任。她讲照片有的，在行人的眼里和他们的手机中，这样就可以了。她也很享受人家用手机对着她拍照。

小店的许多客人已经和她很熟悉了，先会赞赏她的漂亮旗袍，然后会问："你的老板爸爸今天在哪里？"她就用手指指对面小酒馆里说："今天是中国人的盛大节日，他们夫妻两人在里面看电视，我今天也像他们一样高兴。"

晚上，长申在维也纳一家最好的中餐馆宴请塔琪安娜和她奶奶。这一家餐馆今天特别忙，都是中国人来吃饭，都是为庆祝今天的北京奥运会。塔琪安娜仍然穿着她那件青花瓷旗袍。长申的一些中国朋友，经过他们的桌子，总是要对长申夫妇讲，是你们的洋媳妇吗？

长申太太向塔琪安娜奶奶介绍了今天开幕式盛况，还把塔琪安娜今天在小店门口的表现讲给她奶奶听，对塔琪安娜大加赞赏。奶奶说："自从到你们店里上班后，她的精神与过去大不一样。晚上回来虽然很累，只要一讲到商店，讲起老板，就会滔滔不绝，神采飞扬。在准备今天服装时，你们不知道她就像自己要结婚一样的兴奋和忙碌，什么颜色的旗袍都觉得不够美，看见我的青花瓷大花瓶，灵机一动把它放在穿衣镜前，自己站在大花瓶后面看效果，最终决定了采用这色彩和图案。两个月来她完全像另一个人，你们把她当女儿一样，我是非常的高兴。”

在宴请临近结束时，塔琪安娜向长申提了一个要求，每天下班用一刻钟时间教她中文，她说现在越来越对中国有兴趣了。

二

长申是先认识塔琪安娜奶奶的，在二〇〇八年的六月，她来店里买了一米多高的中国大青瓷花瓶，下班后，长申把大花瓶送到她家去，因而认识了塔琪安娜。老奶奶在店里买花瓶时说她们是克罗地亚人，她来维也纳已经有五十多年了。

她们祖孙俩热情地留长申喝酒，说有克罗地亚美酒，他推脱说自己还没有吃晚餐，塔琪安娜马上就说在我们这里先吃晚餐再喝酒，长申已经再没有推脱的理由了。

长申心想，她们要和我这个小店老板做朋友吗？我只是来送一个花瓶而已。是一个送货的中国人。

如果知道她们会请自己喝一杯，就该在家里把里里外外的衣服换一换。他下意识地拉一拉自己的衣服下摆。

长申在餐桌上坐定，老奶奶陪着他说话，塔琪安娜就像一阵风一样，来回穿梭于厨房和客厅餐桌，拿来面包、奶酪、果酱、火腿肉和香肠，还特意为他泡了一壶绿茶。长申一边吃着晚餐，一边与她们聊天。他用刀叉虽然不是很熟练，好在不是吃大餐。

几个月后长申问塔琪安娜当时怎么会请他进去喝酒吃饭的，她讲奶奶在店里买花瓶的时候，对你的印象就很好，又见你主动送货上门，不再多加费用，笑眯眯地和奶奶讲话，就想请你喝一杯啦。

晚饭后，三个人来到客厅小酒吧台前，塔琪安娜在吧台里备酒，老奶奶打开玻璃橱窗，给长申看她的艺术收藏品，讲解是在什么年代和什么情况下得到的这些东西的。长申除了表示欣赏外，也讲了关于中国的瓷器，以及自己是怎么开饭店与商店的。

他们喝的是克罗地亚的一种土特产酒，口味如淡淡的白兰地，微甜，有蜂蜜清香，酒精度数也在25度左右。长申和奶奶的话比较多，这位身材高挑的克罗地亚姑娘只是偶尔插上几句。

一瓶一个立特的酒，和两立特的矿泉水，三个人喝了两个多小时。此时长申已经忘记了自己是开车来的。

知道塔琪安娜目前空闲在家，并且愿意找一份临时的工作，不知是酒的作用，还是看着她做事利索样子，长申问她是否愿意到自己的商店来，他只是随口讲讲，自己这么两家小店，仅那么些普通生意，实际并无要招人的打算。现在是仗着酒精的刺激，讲了句大话，上海人就是喜欢“掼派头”。

没想到塔琪安娜马上就回答说，她愿意来。长申当时有些傻了，知道多喝酒会误事。可君子言出，驷马难追了。对，让她干些重活、麻烦的杂活，做不了几天，她准会自己跑路，或者随便找个理由解雇她。

长申只能“打的”回家了，卖花瓶赚的钱一半给了“的士”司机。他坐在车上想，自己见到美女怎么就这样把持不住了呢？也不去看看自己是长得什么样子，口袋里有几张票子，雇用得起这个维也纳美女大学生吗？他懊恼不已，连连用拳头击打自己的头部。

自从开了商店，长申觉得自己如同老鼠掉在米缸里，每天总有那么多的打扮时尚的年轻姑娘、举止妩媚的中年女性、端庄优雅的尊贵老妇人光顾长申的小店。

卖卖货，看看美女，这也是长申的生活乐趣。

有时回国内，大家都称奥地利福利好。他们哪里知道那些年轻美貌的姑娘，每天在眼前晃来晃去，这难道不也是长申的福利吗？

三

当小店的客人看到一个西方脸的姑娘在店里工作，就忍不住想了解她与长申是什么关系。他们认为这么小的店，中国人的店，用一个西方人，是不是会有一些故事？

塔琪安娜来小店上班后，去染了黑发，又剪短了原来的长发，经常穿一些印有中文的文化衫。

她是维也纳大学学语言的，英语、法语、俄语同德语一样的流利，还会讲克罗地亚语。她是有语言天赋的人。长申认识她时，她会一百多个中文单词。干了两三个星期后，凡是中国人来买东西，她几乎可以用简单的中文来对付了。

塔琪安娜在工作了三四个星期后，商店里那些四十岁以上的女顾客直接把长申和她看作是父女关系。她们认为母亲是个西方人，小姑娘传承了母亲的绝大部分基因。

一般人的眼中，家中的女儿会特别为父母操劳，塔琪安娜工作的那认真劲，完全把自己当作家庭主要成员，有空就做清洁卫生，为家庭小店兢兢业业。

而长申的家庭就缺少一个这样的女儿。

对于塔琪安娜的家庭情况，长申也有些好奇，一个七十多岁的老妇人，和一个二十岁出头的姑娘，这个家庭一定有故事。但他不想窥伺人家的家庭秘密。

塔琪安娜来小店工作了这么一段时间，她了解宗长申的心事，也知道一种什么样的氛围对她来讲是最有利的。她有自己的底线，在此之上什么都无所谓。你们说是父亲，她也只是笑笑，当着客人面，也总是叫叔叔。没有旁人时，她总是调皮地用上海话说："喂，侬饭吃了哦?""喂"是很多上海人家庭中用的开口词，她觉得很有趣，经常变化这个字的发音。

从她来上班以后，客人就会发现，每星期一就有一把鲜花插在花瓶里，放在她做生意结账的地方。她知道自己没来之前，长申不会这样奢侈的，一个中国男人要买花给自己看干什么?但是一个上海男人为什么这样勤快地买花来放在这乱七八糟的商店里，只有那个姑娘知道。

四

商店的十二月份是整个一年中的销售旺季。因此在十月开始就会进很多货物，以备在旺季来时货源充足。偏偏这个时候长申太太上海家中有事，必须回上海。有将近两个星期的时间，长申管开在大商场里的商店，商业小街上的店就由塔琪安娜一人管理。儿子大学读书空闲时，就帮两家商店搬运和互调一些货物。

这一天是十一月下旬，三个荷兰大公司送来了很多货，还有一个汉堡的茶叶公司送来十几箱日本盘碗，奥地利也有公司来送货。下班后，长申和塔琪安娜花了一个多小时，才把全部货物拆箱入库或上架，长申瘫坐在商店小仓库的凳子上，塔琪安娜也把背靠在更衣箱上，稍作休息。地方太小，不可能放两个椅子，长申也就当仁不让地坐着，自己年龄大了嘛。

“喂，你今天是太累了吧！”她有点怜惜地问长申。

“是的，手臂已经没力气举起来了。”长申回答。

“你转过身去，我给你肩膀和后背按摩几下。”这正是他当时最需要的。

“今天你也很累，再说你会吗？”长申有些惊奇，五个多月来，知道她什么都很愿意学。

“我给奶奶经常敲敲背，按按肩，她都说很舒服，你要我试试吗？”几个月来两个人在这么一个小的空间中的共同工作，多少也有一点心心相怜的人情味，她是一个机灵聪明的女孩。

“好，按摩得好就请你去法国饭店吃饭。”员工给老板按摩，老板总要付些代价。

长申在小仓库的冰柜玻璃板上铺了两块布垫子，把椅子移过去，双手弯曲，扑在布垫上，头压在前臂上。

她站在他背后，双手先用力地捏他上臂三角肌，然后又捏肩膀上三头肌，这两个部位各捏了五分钟后，她开始用手拍打肩膀靠近颈部的凹陷处，这样做了十分钟后，他站立起来，觉得已经轻松了很多。

商店的场地非常小，全部面积四十多平方米，包括厕所、厨房，仓库与休息更衣室也是在同一空间，平时两个人在工作时，身体和身体触碰，是经常有的。有一次她要走出账台，他坐在桌子边看报，空隙几乎没有，塔琪安娜的臀部冲乱了长申手中的报纸，他有意拍了一下她，她头也没有回，只是拉长音地叫了一声“爷——叔”，音调中带有撒娇的气味。

现在仓库的空间比商店场地更小，身体和身体这样的接触，让长申有些异样的感觉。

“我也来给你按摩按摩。”他说。女人是敏感的，她好像是等着他也会这样为她服务的，马上说“谢谢侬”，随后就很快地坐在了椅子上，像长申刚才一样，把前手臂放在布垫上，把头靠在手臂上。他也按照她刚才顺序，先捏她的上手臂。因为女人没有肌肉，长申手又重了一些，也是第一次为她按摩，她喊了起来：“侬轻一点，痛。”

哦，他忘记了，女人这里没有肌肉。他把手移到肩膀三角肌那里，事实上女人在那里也没有什么肌肉，他就开始一边按摩一边给她上人体进化课，讲几万年前，男人和女人都一样从事繁重的体力劳动，这里都一样有肌肉，女人后来带孩子、养猪、种蔬菜，不干重体力劳动了，这些与男人一样的肌肉，也就退化了。

这时长申已经用力较轻一些，当把手移到肩膀上凹陷的颈处，捏她的肩井穴时，向上提拉，放下又提拉，有节奏地按捏。她非常享受，随着长申提拉的节奏而吸气吐气，配合他的拿捏动作。小姑娘还真会享受呢。

“舒——服，舒——服，叔叔比我会按摩。”她说。

长申接着又给她背部按摩，在按摩之前，她从前胸衣服里解下自己的胸罩，放在身旁桌上，这一点长申没想到，他看一眼那粉红的胸罩，觉得她过于“放肆”，故用严肃的口气问：“为什么要解下来扔到我眼前呵？”

“只是为后背更舒服，好按摩呵，侬想还有什么其他意思呢？”她笑着故意反问长申。长申一下子“吃瘪”，不知如何回答，就默默地按摩起来。

背部差不多了，给她加个腰部按摩吧，这里有些肌肉，可能舒服些，长申还是会体贴女人的，其他目的自己也讲不清。

长申一边用手拿捏塔琪安娜左右腰不多的肌肉处，一边问：“中国人要求美女有柳腰，我不知道德语怎么讲柳腰。”

“我晚上回去查看词典，明天告诉你。”她回答后又接着问长申：“我是柳腰吗？”长申说：“五分钟前，一点也不柳，现在非常柳了。”她知道长申在与她开玩笑，便顺水推舟地说：“那你每天给我的腰按摩五分钟，我就一定是柳腰美女了。”

两人说说笑笑，相互按摩了约半小时后，已经是晚上八点多了。长申立马兑现了承诺，带塔琪安娜去法国饭店吃晚饭。

她当然很愿意，这家法国饭店很不错，每天下班时去乘地铁时，总是看到里面坐得满满的。

每人各点了一个菜，和一杯八分之一的白葡萄酒。菜还没有上，她已经把那杯酒喝完了，在公共场合，她完全不顾自己的淑女形象。“叔叔，这酒很好喝。”她拿着自己的空杯子，对着长申笑嘻嘻地说。长申又叫了半个立特，饭吃到一半，酒又没有了，她也不问，又叫那个跑堂，拿来半个立特。

走出法国饭店已经十点多了，现在有三条路可走，马上右拐弯去自己的商店，那里有一个刚才相互按摩的休息更衣室，或者朝左走进地铁，去长申的家，家里没有人，还有，就是向右一直走，去她的家，她一个人，奶奶去了克罗地亚旅游。五个多月来，长申和她一起下班，锁好门，走出小街通道，总是在这法国饭店门口分手，拥抱一下，左脸贴左脸，右脸贴右脸地道别，各自回家去。

现在已经是维也纳的冬天，虽然寒冷来得比较晚，但每天这个时候，街上行走的人还是有些缩头缩脑。塔琪安娜穿了一件深蓝色呢大衣，颈上围着一条长申太太送她的羊绒围巾，如同一位外交官夫人。她知道如果此时要分手，应该他先张开怀抱，抱她一下，亲她的脸，完成五个月来每天的最后功课。

从座位走到饭店门口，他一直没有讲话，两人悄悄地在门口站了五秒钟，他用手指指右边，说了一句：走走吧。她明白，这就是去她家的方向，马上挽起他的右手，左肩紧靠着他，向她家方向走去。

两个人挽着手走进黑暗小路时，他问："你还可以吗？你酒喝得多了。"塔琪安娜像小孩一样，张开嘴对他吹一口气："你看呢？回家还可以喝。"他明白她的意思，对她笑笑没有接口。

两人又继续向前，前面人行道很狭窄，长申抽出被她挽着的右手，去搂住塔琪安娜的右腰，两人才通过狭窄人行道。她趁向他倾斜时，在他的脸上快速地吻了一下。"我喜欢你。"她说。

长申看她一眼，马上回答："我也喜欢你。"也给她一个吻。

两人继续朝前走，她右手插在呢大衣袋中，左手被他左手拉着，二人如此般的亲热，在白天是从来没有过的，也是不可能的。为什么要这么样？长申和塔琪安娜头脑里都是一片空白。

到家了，她开了大楼的门，两人进到门内，她拉着他朝前走，长申拉住她说："我就送到这里了。"

大楼走廊的灯光下，他看到她有一点点惊奇，睁大了她那双眼睛，她也没再坚持。此时她理解长申，读懂了他脸上不太明显的表情。两人同时伸开双臂，拥抱在一起，传递着脸上的热气、口中的酒气，相互用脸左右贴一下后，他拉开了大楼门，走了出去，又从外面将门关上。

出乎情，止乎礼义，长申在心里告诫自己。

圣诞节的生意正如大家所期望的那样，营业额直线上升。圣诞节那天塔琪安娜的奶奶请长申夫妇来家里吃烤鹅大餐，还请来许多其他奥国亲友。长申给塔琪安娜一个大红包，塔琪安娜也按中国小辈给长辈拜年的规矩给长申夫妇拜年。

元旦过后，长申要想知道她现在的中文程度到底如何，自己还要从哪些方面帮助她，就要求她写一篇文章，并且念给自己听，他再根据文章的内容向她提问，她则必须全部用中文回答。三天以后，她交给长申一封信，信是这样写的：

叔叔阿姨：

和你们在一起有半年时间了，你们可能不知道我一年之前失恋了，有轻度的忧郁症。男朋友一家因我是克罗地亚人而排斥我，使我非常痛苦。

半年来，你们对我的帮助很大，尽管你们不知道我曾经的痛苦经历。半年来，你们向我打开了另一扇窗户，我已经有了自己的新计划。

我知道你们也有新的计划，把大商场中的商店退掉，在这里再扩大一个门面，再去中国进口一些货品。

我也知道，半年来你们付给我的工资，是与一个维也纳大学毕业生一样的工资，我全部地存下来了，作为去上海闯荡的资金。

当我答应到你们这里临时做工的时候，并不知道叔叔是没有休息天的。叔叔像疯子一样地工作，我开始一直想不通，后来才知道叔叔喜欢德国疯子尼采。在奥运会庆祝活动后，我才一点一点想通，所以我同样也一直不休息，和叔叔一起天天上班，半年来没有星期天，没有国定假，也没有宗教日，只休了两天圣诞节。

世界上有你们中国人是人类的幸运，中国有你们上海男人是上海女人的幸运，我有你们两位上海叔叔阿姨，是我的幸运。

我的计划是，离开维也纳，去上海闯一闯，就像你们二十多年前离开上海闯世界一样。我想看看世界，我想走进中国，开始我的新生活。如果有可能，我还要到上海去找一个和叔叔一样的，像农民一样勤劳、像哲学家一样有理智的上海男人。如果你们因此说我也像一个疯子，我是向叔叔学习的。

如果叔叔很想要我再做半年，等你们的计划完成之后再走，我也会听你们的。

你们的塔琪安娜

2009 年 1 月 4 日

长申没有想到，她这么快就要离开，是这么一种形式的离开，他的内心有一丝丝的不舍，但也非常赞同她的选择。

一个星期后，长申把她送上了去上海的飞机。

手机套

一

宗长申吸取了开第一家商店的教训，他把新店选址改成地铁过道和人流多的地段。

他在维也纳第八区约瑟夫城的一个地铁出口商业小街上寻找到了一个合适的小店，货架位子仅三十二个平方米，也算是维也纳华人经营的最微型的“超市”，朋友开玩笑说，这是“螺蛳壳里做道场”，这“米米一笃笃”(上海话，意思是“很小”）的店还要取名“大上海”，真是“坍我们上海人的台”。长申也不管这些嘲笑，生意做得也蛮起劲。

长申心里一直想着自己这家“三十几个平方米”小店的腾飞之路，一直在寻找一种“既流行又时尚，利润大进货易，体积小可避税”的商品。几次小的试探，他把眼光对准手机的附加产品末端“粉末产品”——挂件、吊绳和手机套。

二〇〇六年，那时他刚开始做挂件生意，在回维也纳机场出关时被海关人员叫住，要开箱检查。航班上中国人不多，海关人员见长申样子有点“刮讪面孔”(上海话，意思是“做了亏心事的人”)，既无品牌又旧兮兮的两个大箱子里面肯定有几大包“黄鱼鲞”和腌制鱼干。

“把两个箱子打开。”海关人员的口气非常肯定里面有违禁物品。

长申自走上带货进出海关后，每次总有几套“预案”。首先不能让他们叫你怎么做你就怎么做，必须笑嘻嘻先来一个奥地利人每天的习惯问候：“Gruess Gott!”要认真友好地看着海关人员的眼睛，表示你不怕他，要有与他平等的心理，在气势上要压过他。

他问海关人员：“你们想检查什么东西？”

海关人员平时遇上中国人时，只要一开口“打开箱子”，对方一般马上就会掏钥匙开箱，都是老老实实的。

“香烟、酒类、药品和违禁的食品。”

海关人员有些不耐烦，这个中国人嘴硬，敢问我要检查什么东西。

长申早已有怎么回答他们的准备，他说：“亲爱的海关先生，上帝在上面看着我们，箱子里没有一根烟。”

长申特意地停顿一下，做一个吸烟的动作。“没有一滴酒。”长申又停顿一下，用手做一个喝酒的动作。

20. 4. 20.

“也没有什么中国药品，更不会带一条咸鱼，如果查到以上一样东西，我愿意被你们罚 1 万欧元。”

有一次海关人员见他如此信誓旦旦和大胆无畏的回答，也就笑笑，一挥手放他过去了。

但是这一次是个死脑筋的大个子海关人员，今天一个中国人也没有被他处罚到，他觉得有点手痒痒，似乎没有成就感，一定要长申打开箱子。长申不慌不忙打开箱子，海关检查员见没有违禁物品，又彻底地翻查了一遍，这时他看到一大包手机挂件，就问：“这是什么？”

检查了这么多年却从来没有见到过这种东西，把一大包东西拿在手里，看不出名堂。

“手机挂件。”

“什么是手机挂件？”

海关人员纳闷，这辈子他们从没有听说过。奥地利人口袋里的手机，就是光脱脱的。长申拿出自己的手机，灵活机敏地打开后盖，把挂件系绳在某部位一按压，盖上后盖，两秒钟就全部搞定。他拿起手机，一个唐老鸭的挂件在海关人员面前晃悠了几圈。长申还学唐老鸭“呱，呱”叫两声，好像在嘲笑那帮海关人员：美国唐老鸭也不认识吗？原想查的东西没有查到，又给这个中国人嘲笑连手机挂件都一无所知，这个海关人员脸面尽丢，但他也不罢休，说：“有账单吗？”

这包手机挂件体积虽小，但数量多，海关人员完全有理由提这一要求。长申从皮夹子里拿出一张早已预备好的购买发票，挂件550元人民币，手机套120元人民币，海关人员看了今天的汇率，然后用计算机算了5分钟，全部东西的价值是98欧元。海关人员就挥手让他过关了。长申临走时还送给海关人员每人三个手机挂件。

这小小的一包挂件有六千个，三个月卖下来，就没剩下多少了，而长申已经赚到了6000多欧元。有好几个热门款式，在一个月之内就卖完，那些学生一直来问什么时候到新货。

长申打破了一年回上海两三次的惯例，四个月后又风尘仆仆地去上海进货，一下子进了两万个挂件，这只占箱子的四分之一位置，万一遇到检查也不会有麻烦。他同时又带了一些手机套到维也纳试销，体积是大一些，一部分需要航运与海运同时进行，但几次来回，长申从中尝到了甜头，因为手机套的利润更高。

二

中国举办世博会的那一年，长申带了几乎半箱挂件和手机套回维也纳。每天下午两点左右，周围学校的小学生、中学生放学后，小店被他们挤满。

原本想让太太两个月后回上海去进货，现在只能让她提前一个月回上海，去城隍庙福佑小商品市场进货。

反正要回上海看望父母的，早一个月就可以多赚几千欧元。

长申一个人看店，超市开门也有七件事，虽都是些小事，但每件都必须要办，比如货架先在门外窗边架好，再把各类厨房用品和生姜、大蒜头、山芋、山药之类食品蔬菜和泰国兰花全部展现出来。

每天开门后，要把大包的豆腐、芽菜分成小包，豆腐要轻拿轻放塞进一个小袋之中，加水再扎紧。芽菜每包一百克，横七竖八的芽菜放进小袋，也是要一些“小智慧”的。小店主要客人是本地奥国人，对物品的价格不会考虑太多，但日常食品的包装要求是小包、干净。有时没有泰国香菜，只有匈牙利香菜，而匈牙利香菜是一大包两公斤，一百克小包要分二十小包，装进长透明袋，还要用小胶带封口……

泡面上货架是每天的基本活，弯腰拿出地上箱子里的泡面，高举双手把它塞进比人还高的货架中，这也应该叫“泡面瑜伽”。

每一种瓶装调料，货架上只能放两瓶，因为货架很薄，但很高，看上去满满一墙壁。

订货收货是每个星期的重头戏，不仅伤脑筋，还是体力活。订得多放不下，订得少一个星期不够用。

这一天，长申刚收下荷兰大公司送来的三个立方的货，正准备拆箱，此时，进门来三个人，两男一女，最前面的那个人年纪大一些，向长申出示一块圆的黄铜牌。二十年来面对各类警察，这种黄铜牌已经见得多了，对长申来讲，并不感到意外。

“我是区警察局的，律师事务所发现你们卖冒牌的商品，要检查货架和仓库，希望你配合。”

警察的身后站着一位男青年和一位女青年。那男的年轻人脸有点熟，长申知道他要查什么东西了，应该是有些手机套被标了法国名牌的商标。

长申指了一下货架后面的那间小房子说：“这就是我们仓库，你们可以去检查。”

长申手头上还要接待客人，就让他们两个年轻人自己到仓库里去翻找。警察只在商店里随便走走。长申趁他们不注意，就拿出手机把两个年轻人拍了下来。

一刻钟后，年轻人从仓库里拿出十来个有“Li”商标的手机套，警察拿出一张表格，让长申填了一些基本内容，最后三方签字，一式三份，每人一份。两位律师事务所的人离开之前给长申一张名片，警察没有走几步转身对长申讲，没有什么大事，不过要花一些钱。

损失一些钱，这不是什么问题，这一两年靠这些小物件，确实也赚了很多。他们三人离店远了，长申站在门口，对着他们的方向，用上海话讲了一句：“册那，小瘪三，爷叔勿吓侬！”

对面意大利饭店光头跑堂走过来问长申什么事，他第一次看到长申发火骂人。

“我用中国话讲要他们一路走好，这帮垃圾货。”长申笑嘻嘻对光头跑堂讲，光头跑堂对长申做了一个伸拳头动作。

要与律师和法庭打交道了，以前这方面的事都由太太处理，现在太太在上海就必须找人帮忙。他想起了过去饭店的邻居、“工作服装”店的老板彼特，马上联系了他，约好晚上与他在商店对面意大利饭店碰头吃饭。

三

天上淅淅沥沥地下着小雨，小街上已经有些暗了，路面的中央有些湿漉漉的，从地铁站里出来的人都没有带伞，急匆匆地朝家里赶。

彼特下地铁后，看到长申店里还有客人，就一个人先去意大利饭店，坐在面对长申小店的位置上，透过玻璃，可以清楚地看到小街和商店的全部。

意大利饭店老板托马斯见彼特来了，就过来与他寒暄几句。自长申在此开店，每年都会有两三次叫彼特来喝啤酒，长申总是有一些生意中或生活中发生的问题，需要得到彼特的解疑释惑，所以托马斯与彼特也熟悉。

长申做完最后一个生意，把门外的货架和物品全部搬进小店，锁门后来到饭店。

两个人喝着酒，吃着比萨，互相聊聊最近各自家庭的情况。等盘子全部收去之后，长申拿出了上午警察给他签字的那张纸，把那三个人从进店门到离开的经过叙述了一遍。

“我想听听你对这件事的想法。”

彼特没有马上回答，喝了一大口啤酒，沉思了两分钟后，分析说：“你首先要明白，律师事务所不是国家机构，从法律上讲你们属于私人纠纷。他们有可能是代理这个名牌，也有可能是这个名牌根本没有给他们任何授权，他们只是偶然掌握你们侵权，想通过告你们，让你们私了，得到一笔你们的钱。”

原来还有这样的情况，长申从来没有这方面的经验，也没有其他中国朋友遇上过类似的事。这种事情如何应对，当然彼特是知道的。如果彼特能帮上一把，事情就会妥善解决。

长申想起律师们去小仓库翻找其他手机套时，自己还拍了几张照片，他打开手机把照片给彼特看。看到律师事务所两个年轻人的脸，彼特脸上露出了一种轻视的神情：“两个年轻人，不要紧张。做两种准备，我先去找他们谈一谈和解的价格，如果数目不大，就把事情赶快了结，如果他们要价很高，再看情况应对。”

彼特愿意帮忙，这让长申觉得自己有了依靠，给他好处费是不用先谈的，毕竟是多年的朋友了。长申接下来便打了个电话给在上海的太太，一是告知此事，二是要她进货时注意冒牌的问题。

四

维也纳有二十三个行政区，每个区都有特别名称，比如一区叫城中区，区界限就是围绕着老城区外的环城大道。大道之内国家机关遍布，大公司也数不胜数，还有一个特点，奥地利名气赫赫的律师事务所，大多数在一区的大街小巷中，爱德华律师事务所就是其中之一。

奥立弗是两年前从维也纳大学法律专业毕业的大学生，还在读书时期，他就在这家维也纳有点名气的律师事务所实习。工作的两年时间中，大多是做些文秘杂务事，真正协助办的就是仿冒“Li”时尚品牌的案件。维也纳一家规模很大的箱包公司经销从亚洲来的“Li”牌子女用挎包，律师事务所受“Li”公司委托把该公司告上了法庭，箱包公司因此受到了法律的处罚。

五天前，他偶然经过一条商业小街，看到一个中国人经营的超市，门口的手机套筐中有这么一个仿冒“Li”品牌的手机套，他不动声色地先拍了一张照，然后就买下一个手机套，让老板开了一张发票。

前后程序已经非常熟悉，这次他想独立办这件手机套冒牌的案子。他先给区法院发一个邮件，报备立案，过几天就联系区警察局，让有关经济科的人陪自己去这家超市，突击搜查一下店里是否还有这个冒牌"Li"的手机套和其他冒牌"Li"的商品，或者任何仿冒其国际名牌的商品。

突然搜查中国人的店，最好能找到几百上千个冒牌产品，就像上次那家箱包公司一样，让他们在法庭上哑口无言，接受严厉惩罚。

昨天他带了警察去搜查小店，结果却并不令人满意，只是找到十几个冒牌手机套，如果把这些证据提交法庭，重罚的理由不会成立，一是没有证据可证明商店是大规模地销售侵权产品；二是没有证据证明商店就是仿冒货的制造商。鉴于此，律师事务所让奥立弗放弃这个案子，给予销售商店一个口头告诫即可。奥立弗虽然答应了事务所，但私下想，这个情况中国人是不知道的，要先让中国人知道他们犯了很严重的罪行，吓唬他们之后，放一条路让他们提出和解，那就可以私下解决，这些钱便可以进入自己的口袋。

五

彼特打电话给长申说，他已经与奥立弗见面，知道了私了解决这件事的价格，大概是 3.5 万欧元。

过去被卫生警察抓到把柄或黑工罚款，长申都认了，因为对方是国家。现在自己的对手是一个私人律师事务所的一个小青年，只是发现了十几个仿冒名牌的手机套，就想要从自己的口袋中挖几万欧元去，心里总有一股怨气和不甘心。虽然这 3.5 万块欧元不过就是自己一箱货的利润，两个月就能赚回。

彼特约长申今晚到他店对面意大利饭店去一次，他有一个新的想法，想与长申谈谈。

长申和彼特差不多同时到达饭店，彼特一边吃饭一边讲述自己的新想法。

“我在与奥立弗见面的第二天就在他下班回家时跟踪到他家里。”

长申不明白彼特跟踪的目的，说：“为什么要知道他家的地址？”

彼特说：“从与他交谈的过程中，我了解到事务所已经撤了这个案件，现在是他个人想拿到一笔钱，如果他拿不到这笔钱，他还会让事务所重新立案。”

彼特说，奥立弗坚持必须付给他 2.5 万欧元才同意私了。

“有证据在他手中，我们不可能与他律师事务所较量。”彼特停顿了一下说，“一旦仅仅是与他个人之间的私了，可能对我们更有利。”

长申清楚的是正规上法庭要付 3.5 万欧元，私了他个人要2.5万欧元，少付1万。另外还不会留下案底，以免税务局、市场管理局、商业管理局的重复检查。

“先通知他，我们可以与他私了，此事就请你全权处理。”长申说。

“在谈的过程中，我会给他点压力。”彼特说。

至于如何给奥立弗压力，彼特并没有告诉长申。

长申的太太做任何事都四平八稳，碰到此类事肯定是花钱买平安，不会同意彼特的“给点压力”的做法，但长申觉得，奥立弗是一个敲诈勒索之徒，他完全知道“Li”公司从不做手机套，也完全知道长申是误销这款手机套，现在却利用长申的失误与无知，借法律之名谋个人私利，应该给他一点教训，以后做人做事可以厚道一些。

走出意大利饭店，已经晚上十点钟了，长申心里想，即使再多花些钱，也要治治那个“小赤佬”，“不蒸馒头争口气”嘛。

六

今天是彼特先到意大利饭店，老习惯点了一杯啤酒，他穿得很正规，黑色的西装，里面绛红色的衬衣，系着淡黄色的领带，还特意戴一个大的腕表。

奥立弗第二个到达饭店，他在一个最角落里的包厢座位找到彼特。他要了一杯白葡萄酒，问彼特：“商店老板什么时候来？”

彼特用手指指对面的商店橱窗说：“你看他已经把架子和货全收进去了，马上会来的，撤案的文件办好了吗？”

奥立弗想先让彼特过一过目，便把文件从皮包中抽出来。

“这是昨天已经送到区法院生效的撤案报告，”他又停顿一下，看着彼特，“如果有情况变化，此案还可以再次提交。”

此时长申也来到了他们两个人的座位边。彼特对他说文件我全看了，事务所撤案了，说完把文件交给长申。

光头跑堂过来问长申喝什么，长申要了一杯八分之一的红酒加苏打水。

老板托马斯拿了一个小托盘，上面放着长申的红酒和他自己喝的红茶。

彼特像主人一样向托马斯介绍奥立弗：“这位是律师事务所的奥立弗。”

又转向奥立弗说：“这是饭店老板托马斯。”

托马斯笑嘻嘻地看着奥立弗，很随意地说：“我在八区见过你，在哈德路二十号周围，那里有一个意大利人旅馆，我经常在那里喝咖啡，有时看到你经过。”

奥立弗没想到这个意大利饭店老板在见面打招呼时

讲出这句话，大概这个老板是“过目不忘”，在显示自己的眼光和记忆力。自己住处边上确实有一家意大利旅馆，门口的车牌总是意大利的多，经过那里常听到他们讲意大利语。他也礼貌地看着托马斯，说了一声“哈喽”，算是跟托马斯打了个招呼。

人都到齐了，长申自知今天是主角，大家都因自己的“手机套”而来。他先把一个信封放在桌上推到奥立弗面前说：“这是1000欧元，作为撤案和其他工作的费用，还有2万欧元由托马斯给你。老板，钱带来了吗？”长申把眼光转向托马斯。奥立弗刚把眼光看着长申的信封，马上又不自然地看向托马斯。

托马斯用手指指自己面前的茶杯说：“我现在开始每天两杯红茶，而且一定要斯里兰卡的，味道很纯正清香，欧洲人太会喝酒了。”

托马斯说完，不慌不忙地把托盘推向桌上中间，从裤袋里拿出一个纸包。

“借钱还钱，天经地义。去年饭店装修，我借了你2万欧元，现在按照你的要求我都带了。”托马斯对着长申说。

托马斯把一个纸包放在奥立弗的面前，纸包用胶带粘着封口，上面标着“20000”的数字。

长申对着托马斯说：“我们之间的账两清了。”然后又对着奥立弗说："我们之间也两清了。"接着他抱起双拳对在座的各位说："我晚上还有些事，就先走了。"随后便走出了饭店。

见长申已走出饭店，光头跑堂走了过来，手上拿着两个小布包，对老板托马斯说："上午从西西里来的彼鲁交给你的两样'家伙'。"

他把两个小布包放在大理石的桌面上，发出坚硬的金属响声，一听就知道里面是什么东西，从形状上来看，也能辨别是两把有些不同的手枪。

老板问光头："彼鲁他们还是住哈德路的罗马旅馆吗?"

光头觉得托马斯问得多余，有些不耐烦地说："西西里来的人都住在罗马旅馆，还会住到什么旅馆去。"说完就离开了。

托马斯把桌上那个纸包向奥立弗推了一推说："这包钱现在是你的，只是今天西西里来人，在维也纳有点小事要办，想用一用这些钱，不知道你是否同意借我用一用吗?"

自从老板讲起在哈德路上见过自己，奥立弗已经明白了，今天可能会有特别的事情发生，一包钱从托马斯手里放在桌上，说是给他，但他心里并没喜悦感，甚至还有一丝恐惧。老板的话很清楚，从西西里来了人，两把"家伙"就放在桌子上。

奥立弗明白，事情已经结束，法院的痕迹已经抹去，与这种人斗下去是没任何好处的，原来是想中国人好欺欺，偏偏杀出了“西西里人”，只要命保住，钱以后还可以赚的。

奥立弗老实地站起身来对托马斯说：“老板别客气，这些钱你先用吧，我的电话彼特有，到时候让他打电话给我。”

刚转身要离开座位，托马斯把长申给他的那个信封推到桌边，提醒他说：“中国人的这包钱是给你的，不要忘记。”哦，奥立弗低头看到那个信封，他打开皮包，把这封信放了进去。

他再一次看了一下托马斯，怕他突然又提出什么要求，他已经不敢再去看桌上的一包钱和两个小布包，快步向门口走去。

桌边只有彼特和托马斯两个人，彼特从口袋中拿出一张托马斯的借条。

“这是长申还你的。”

托马斯看也没看，把纸条和那纸包放在一起，又把两个小布包也放到了刚才端饮料的盘子上，对彼特讲：“再来一杯啤酒？”彼特脱下自己的西装，解下那条黄领带，如释重负，面部神情轻松，回答说：“好，再来一杯。”

奥立弗将事务所的案子与被告私了，想独吞被告赔偿款的事不久传到了事务所，引起了事务所领导的警惕，暂时不再让他单独接案。奥立弗感觉再待下去也没意思了，便向事务所提出了辞职，去外省谋生了。

侨领

维也纳开往勃雷根茨火车的车厢里，六人座位小包厢只有宗长申一人，晚上把座位全部拉下来，平躺睡觉不成问题了。

靠窗的小桌放着一瓶矿泉水，包中拿出《钢琴教师》放在桌上，这是奥地利女作家耶利内克获得诺贝尔文学奖的作品，作为一个文学爱好者是不能不看的。

在经营饭店的十五年时间里，他没有乘火车离开过维也纳，除了乘飞机回国，整个人就像被钉在了饭店一样。

刚到奥地利时，经常去其他城市找工、找朋友，或去慕尼黑旧货市场卖清凉油，每个星期都要和火车打交道。

晚上八点，列车慢慢地驶出了维也纳最古老的火车站——西站，当窗外出现绿色田野时，他开始想自己的事。昨天《京城华商报》社长汪不敢交代他写一篇有关奥地利侨团领导人的人生奋斗经历。

这几年，奥地利的侨团如雨后春笋般地出现，汪不敢根据几十份侨报中经常出现的侨领姓名，摘抄了十五位给长申，要他根据自己的判断，挑选几位进行专访。长申根据相关资料，认真仔细地挑选了三位具有一定代表性的人物，现在就去拜访第一位。

勃雷根茨是奥国最西部弗拉贝尔格省会城市，奥地利地图像一个横放着的火腿图形，这城市在猪蹄最下端的硬指甲上，西临瑞士，北靠德国，面对着波顿湖。

长申坐的是慢车，因为汪社长只能报慢车费用。长申一觉睡到天亮，醒来后吃了早餐，看了几十页的《钢琴教师》便到达终点了。

下午三时，所有中餐馆都进入了休息时刻，长申走进地处闹市的华强饭店，陈老板用一口纯正的绍兴话欢迎从维也纳来的长申，他马上让厨师做一碗上海小馄饨，上一大杯啤酒。

长申讲明了来意，主要是采访他们饭店大厨、侨社副会长陈平山，于是老板就把长申带到饭店大餐厅后的大院里。

很像用作仓库的一排房子，中间最大的门上有一块红漆金字的会牌，上面写着“奥地利浙江大华商青田联谊会”，下面还有一行德文。侨领考虑得很周到，让本地居民一看明白，这里有一个华人的社团组织。

进入办公室，陈平山在等着长申，他手里拿着一根香烟，用青田方言说：欢迎维也纳的朋友来我们的侨社会馆。一看他的样子，就是一个非常淳朴的中国农民。他陪长申在办公室绕一圈，很自豪地介绍了挂在墙上的十三面锦旗的来历。

陈平山来自青田小乡村，他祖辈生活在一个小山岰中，周围只有五六户农家，三十五岁出国之前没有去过县城，没有坐过火车。

陈平山很自豪在这里加入了侨社，当了副会长后，他的名字与照片经常出现在奥地利的二十几份侨报中。在几次大的为国内捐款救灾活动中，他总是倾囊而出，为家乡青田修路造桥，他也是毫不吝啬地捐出钱来。

对自己人生的重大变化，出国后成了名人，他也悟不出一个什么必然的因果关系，他只是认为科技发展了，很方便大家联系。他说，他因为愿意为祖国、为家乡做点事，愿意帮助在奥地利的华人，所以获得了大家的认可。

长申与他讲话前，烟灰缸是空的，等到要离开时，烟灰缸里已是满满的烟头和烟灰，还有长申身上沾满了烟味。他也抽了一个下午的二手烟，当然他的收获不仅仅是二手烟，他了解了陈平山的许多人生经历。

第二个采访的是萨尔茨堡的浙江华商大联合总会副会长兼秘书长刘建新。

长申在第二天早上离开勃雷根茨，中午到达萨尔茨堡，就在刘建新饭店楼上的总会办公室开始了访谈。

从火车站见到刘建新第一面时，长申就觉得有一种上海人叫作“自来熟”的感觉。

总会办公室的玻璃窗外，可以望到萨尔茨堡老城区背后的城堡高地。

他给长申倒上一杯酒，举杯时，将自己杯口低于长申的酒杯口说：“你是从维也纳赶来照亮我们乡下小城市华人的灯光，干杯！”真是一个能说会道的人。

交谈中，他口口声声称自己是小地方的人，读书又不多，没有你们上海人见多识广，这让长申觉得有点受宠若惊。

三年前，萨尔茨堡地区的二十几个侨团还是一团散沙，在许多事上往往互拆台脚，刘建新目睹这一状况，非常着急，他觉得不能让外国人看中国人的笑话，便发挥了他的组织能力，联络各社团，在照顾各侨团名声和利益的情况下，成立了联合总会。长申从他叙述的过程中发现，他确实有非凡之处。

这一切引起长申对他以前在国内情况的兴趣，长申是那种喜欢听故事的人。

刘建新则是一个喜欢讲故事的人。他说在“文革”中，他是绍兴某企业的“革委会”副主任。“文革”后就成了一名普通工人。一九八四年赶上出国潮，来到了奥地利经营饭店。因为遇上了历史好时机，许多侨团纷纷成立，让他组织和领导能力有了用武之地。没有侨团的这个群体，自己仅仅是个饭店小老板而已。

两人又聊了两个多小时，老刘送长申去火车站时，戴了一顶旧上海式的呢礼帽，身穿皮夹克，像极了电视剧《上海滩》中的许文强。

上海大浦东经贸联谊总商会会长邹志强是长申的第三个采访者。

长申离开萨尔茨堡回到维也纳，在火车站再换成区间短程火车，来到邹志强生活的斯威夏特，这里离维也纳不远，靠近机场。

晚上九点，老邹还在厨房忙，长申在餐厅员工的专用桌子上与老邹的苏州老婆聊天。

邹太太热情地泡了一壶龙井茶，用软软苏州话，慢悠悠又神采飞扬地与长申聊天。说来也巧，老板娘的妹妹还是长申原来厂里的同事，现在也正准备来维也纳。

老邹在上海人中间也是有点小名气的，原先他是一个上海侨社的副会长，会长见他在协会中威信很高，搞小动作把他请出了侨社。

“吃了记轧头”（上海话，意思是“受挫折”）的老邹无所谓，利用在上海人中的人脉关系，组织了上海大浦东经贸联谊总商会。他自称是“老运动员”，几十年来沉沉浮浮已成家常便饭。他的总商会成立后，在维也纳侨界影响很大，所以长申会把他列入采访者的名单之中。

长申和老邹是初次见面，只见他有一米七五的个子，脸庞红润，威严中又不失和蔼，一副“大人物”的样子，用上海话说，“腔势浓了一塌糊涂”。

长申在采访之前说：“你们总商会在奥地利侨界有声有色，汪不敢社长对你非常重视。”

老邹给长申递过一杯啤酒说：“你来采访的目的很清楚，我一定会配合。今天有件事，要想知道你的想法。”

长申以为他会马上介绍自己创立总商会的经过，没想到他会先向自己提问。

“老邹，你的年龄我要叫你爷叔了，大家都是上海人，有话你尽管讲。”长申接道。

“我希望你参加我们的总商会。”老邹笑嘻嘻地说。

长申略作思考后说：“这有些为难，我不参加任何组织，过去吃过亏的，怎么看人，我脑子不活络。”

“你可以考虑一下，一个星期后我们总商会组织的多瑙河游轮活动，请你帮帮忙怎么样？”老邹知道参加侨团组织的事，不能强劝，每人都有自己的想法。

“汪不敢要你写的报道，明天我就给你一份有关我的资料，你可以参考。”老邹认真地讲。

长申觉得轻松了，有他提供的第一手资料，报道就容易完成了，于是也就爽快地答应老邹为多瑙河游轮活动帮忙。

两个人就游轮活动商量了一些具体细节后，老邹说开车送长申回维也纳家中。

在行驶去维也纳的途中，老邹针对长申不敢参加侨社的心理障碍说："想入群而又怕群中强权者，怕被人利用吃无名亏，只想站在外面围观，看'西洋镜'，这是没有自信心的表现。你可以完全放松自己的精神状态。出来混说到底是比能力学识，比境界。不同理念的交流，这中间是不存在对与错的，要在不同中求同。"

此时的老邹，像是一个哲学家。

车快要到长申家时，老邹又讲起他和其他几个侨社的会长有一个想法，想创办一份报纸，这样就有自己的宣传阵地，也能为侨务工作锦上添花。他对长申说，如有兴趣可以参加报社的筹备工作。

九月底的维也纳秋高气爽，老邹总商会包租了游轮公司一艘豪华的船，船名是"帝国号"。华人包租还是第一次。船上的食品和酒水由总商会自己提供，商会还为大家办了意外险，费用老邹分担一半，其他由副会长分摊。

游轮起航点在近市中心的瑞典广场处，总商会的几位副会长和热心侨务工作的五位上海人，在中午十二点就上游轮做各种准备，在码头放指引牌，又在游轮的三楼铁栏杆上挂上红布横条和各类彩旗，有一种中国节庆的气氛。

长申开车，把下午要吃的食品和饮料运来。奥地利大饭店金国勇老板是总商会副会长，原上海城隍庙老饭店的特级厨师。考虑到是上海人侨团请客，奥地利各侨团的侨领和使馆工作人员，还有一些外国朋友要来参加活动，故准备的食品和点心都具有“海派”特色。

许多上海老华侨来奥地利二十几年，从没有见到过那么多的上海老乡，因为在外省市开店的上海老板，也都在这一天关门歇业，从四面八方赶到维也纳，参加这一游轮活动。

老邹考虑邀请人员时，已经留有余地，轮船公司规定总人数为 850 人，发了请柬 750 份。

船离开码头后，统计人数的李副会长悄悄地走到老邹身边说：“会长，一个不漏地统计了上船的人数，总计是 995 人。”

老邹看看李副会长有些不安，便说：“人多了吗？我看多 100 多个人，船不至于会下沉吧。”

老邹听到有这么多的人在船上，与上海人一起庆祝中华人民共和国国庆和中秋佳节，心里是乐滋滋的。

李副会长问老邹：“你与金老板订晚餐的数量大约

是多少份?”

老邹想了一想说，我多定了150人，要他们制作900个人的食品。

老邹马上明白李副会长的意思，如果995个人都放开吃的话，有100个人会吃不饱肚子，就会被人讥笑，讲上海人小气，邀请别人来游船不让吃好吃饱。

刚上船的华人和奥国朋友们，此时都在甲板上欣赏着运河两岸的市景。岸边的路人，见挂有中文横幅和彩旗的游轮，就大喊“你好，你好”。

老邹到底是老资格和会应对各类困难的老手了，他马上对刘副会长讲，通知我们总商会的会员先不要去拿食品，我们是主人，主人总是要让客人先吃好。

李副会长走后，长申就来到老邹身边对他说：“今天好像人数有些超了，刚才李副会长的统计人数是多少?”

老邹想解决了吃的问题，现在这个问题有些辣手，超载150人，一会儿船长来问我，怎么回答?

老邹想了想，回答长申说：“轮船公司口头答应850个人，在合同上没有具体写明，他们在安全系数上是留有余地的，我还保了意外险，赔偿额为100万欧元。华人的体重普遍比奥国人轻，还带了很多小孩，李副会长把小孩都算上去了，995个人，还是在安全范围之内。你送一箱好的红酒到船长室去，说特意去勃根兰特最好酒庄买来的，这个牌子，船长一看就知道。今天汪不敢也来了，你去敬他几杯，以后办报纸的事就要他帮忙了。”长申明白老邹送酒的用意。

游轮上的第一层，有一个舞台，开会发言、文艺演出都在此处进行。通过喇叭向全船播放娱乐歌曲，原来是由徐副会长负责，今天他饭店临时有事不能来参加，老邹就把这一方面的工作交给了长申。

在奥地利华人中有一些来自上海的音乐艺术家，有些人并不参加侨团，老邹打一声招呼，他们一呼百应。娱乐主持人褚依林女士就是这样一位文艺能人，她还把自己的男朋友，现在是维也纳爱乐乐团小提琴手叫来，男朋友不仅带了小提琴，还把自己的手风琴也带来了。

游轮离开码头十五分钟后，负责食品供应的金副会长打开了所有的食品盒，十二大盆上海本帮菜呈现在游客面前，有“红烧圈子”“锅烧大排骨”“佛手肚膛”“红烧划水”“油酱嫩鸡”。冷菜主要是“糟鸡”“糟猪爪”“糟毛豆”“糟茭白”“糟门腔”“泡菜”“清口黄瓜”。其他还有“芙蓉鸡片”“水晶虾仁”“火腿丝豆干”“八宝鸭”“八宝辣酱”“红烧蹄髈”“上海红烧肉”“扬州狮子头”。

来客中许多人都是做餐馆的，全部上上海本帮菜会让人觉得有些腻。上海人中间有两位曾是上海希尔顿宾馆特级点心师，他们除了做带有动物形状的糕点外，还做了400根油条、500份上海咸豆浆、300个空心麻球。这都是过去上海人早上吃的大众食品。许多来客都在“上海早点”边上大吃大喝，四大桶豆浆到了最后还不够。家里做豆浆已经不稀奇，但要做出一碗有上海记忆的“咸豆浆”，在奥地利几乎没有人能做出来。许多上海老乡，这一天根本就没有碰那些红酒、白酒，全部跑来打豆浆当饮料喝。两位点心师做的“咸豆浆”实在太“正宗”了，有位上海人连吃三大碗，就像回到了过去的生活中。

褚依林来维也纳是学钢琴的，她既当主持，又为大家弹奏了五首曲子，她男朋友小提琴的演奏水平在此时是很难为人所欣赏的，但他的手风琴绝了，几位外国友人上台来伴着手风琴发出的音乐跳起了俄罗斯舞蹈。

晚上八时三十分，游轮回到码头，客人们依依不舍地道别。

大家开始做撤离工作，长申负责拆除横幅，在顶层中间段拆除时，用膝盖去顶一下横幅，没想到此段横幅后铁栏杆是空的，整个人的身体重心就朝外冲去，连带红布横幅一起从三楼摔到了底层甲板上。

“嘭”一声，像一个大木箱从上面掉下来，在十米高的距离，整个姿势是双手在屁股两旁同时与屁股碰到了铁甲板。

当老邹和船上人员赶来时，长申还能神奇地站起来，他的膝盖和前脚都完好无损，屁股周围则完全失去了知觉，五分钟后被救护车送去了二十区的急救中心。

长申在医院里住了半年，还好老邹办了意外险，经济上没有损失。

经过痛苦的半年治疗，他总算脱离了残疾的危险。医生说他非常幸运，如果没有红布横幅随他拖下来，摔落速度会更快，股骨会粉碎，这是没有救的。医生要长申感谢红布横幅，长申暗想如果没有红布横幅，自己也不会不知道后面少一根铁杆了。

在住院的时候，他把翻译成中文的四本耶利内克的小说全部看了，当护士知道他在读耶利内克的书时，脸上总是有一种崇拜的神情。

出院后，长申参加了老邹的总商会，投入到筹备办报的具体工作中去了。

后记

本书能够与读者见面，首先要感谢出版社编辑，他们付出了极大的心血。

还要感谢朱新昌和张文斌两位画家。封面图案是老同学朱新昌画的，画中的那个飞鸟，颇有寓意，也可以有很多解释。维也纳画家张文斌画的那些插图，可以把读者带进绚丽多彩而又变幻无尽的维也纳的美景之中，不仅为读者的阅读增添愉悦感，也使我的书更有了艺术品位。

这些小说的人物和情节虽属虚构，但也有海外华人生活的影子，让读者对海外华人，尤其是维也纳华人的生活有所了解。如果此书能给读者带来些许感悟，那也就实现了我创作这些作品的初衷。

2022 年 10 月 28 日于维也纳